海鸥飞过一间教室

与大学生说古谈今

欧阳霞 著

中国海洋大学出版社

·青岛·

图书在版编目（CIP）数据

海鸥飞过一间教室：与大学生说古谈今 / 欧阳霞著 .
青岛：中国海洋大学出版社，2024. 9. -- ISBN 978-7
-5670-3997-1

Ⅰ. I267. 1

中国国家版本馆 CIP 数据核字第 2024VA4009 号

HAIOU FEIGUO YIJIAN JIAOSHI—YU DAXUESHENG SHUOGUTANJIN

海鸥飞过一间教室——与大学生说古谈今

出版发行	中国海洋大学出版社		
社　　址	青岛市香港东路 23 号	邮政编码	266071
出 版 人	刘文菁		
网　　址	http://pub.ouc.edu.cn		
电子信箱	1193406329@qq.com		
订购电话	0532 - 82032573（传真）		
责任编辑	孙宇菲	电　　话	0532 - 85902349
装帧设计	青岛汇英栋梁文化传媒有限公司		
印　　制	青岛国彩印刷股份有限公司		
版　　次	2024 年 9 月第 1 版		
印　　次	2024 年 9 月第 1 次印刷		
成品尺寸	170 mm × 240 mm		
印　　张	12.75		
字　　数	192 千		
印　　数	1—1600		
定　　价	68.00 元		

发现印装质量问题，请致电 0532-58700166，由印刷厂负责调换。

自
序
PREFACE

21年前,我踏入中国海洋大学,在往后的日子里才懂得,之前十年艰辛的记者生涯所付出的所有努力、耐心和毅力甚至痛苦,都是我走上新闻传播讲台的必要历练,都是我与学生相逢的必经之路。今天也许是时候以这本书纪念过往的时光;记录中国海洋大学的光荣与梦想;记录我与学生彼此召唤,彼此成就的精神依恋;也记录我心中的明月,梦中的故乡……

时光呼啸而过,所有的记忆从往事中静静站起,中国海洋大学已走过百年历程。遥想早已逝去的时代,阅读一个个高远的灵魂和思想。本书的第一部分"文化记忆",收录了我对闪耀在岁月深处先哲们的历史考证和记录,探寻他们曾经不同凡响的生活。老舍、梁实秋、闻一多、沈从文、洪深、王统照、臧克家……这些不朽的名字缀联成一首深邃的诗词,传诵在这所大学的每一个角落。一个多世纪以来,他们始终如美丽的阳光照耀着青岛的大地,令中国海洋大学沐浴在炫目的光辉中,也使20世纪30年代的青岛成为文化重镇。先哲们耀眼的光芒沉淀在记忆的深处迎风闪烁,他们让这所大学成为求知者追寻的圣地、栖居的天堂。

生命与生命的相遇是机缘,也是巧合,学生是我与中国海洋大学最温暖的联系,是我经久不息的幸福和荣耀。他们鲜明地张扬着生机勃勃、青春奔涌的生命。本书的第二部分"问一道十",收录了师生问答实录。对问题的思考和追问,为我们提供了获得理解力和智慧的机会，我与学生通力合作，去破译经年的困惑，解说万古的箴言，也在找不到答案的地方体会世界的神秘。我们以思考问题、解决问题让求真的坦途渐渐铺开，一往无前地通向智慧和自由的天地，去领略知识的万千气象和遍地芳华，也让我们在与先贤共同的苦恼和惊慌中，完成与文化更深切的精神连接。

人生有聚就有散，学生终究要毕业，他们一路攀升至人生新的起点，寻求生命新的绽放方式。愿他们躲得过风雨，愿世道为他们宽广，愿他们与想要的日子相逢。本书的第三部分"想对你说"，收录了我近年来写给学生的毕业寄语。我想对学生说，时间将你们从懵懂少年变成了具有明确魅力的青年，我和你们携手走过三年、四年、七年，师生缘分近似血缘的牵扯，哪怕天涯离散也会血肉相连。无论将来你们身在何处，你们都是老师最清澈的记忆、最深切的牵挂、最丰沛的期待。很荣幸成为你们的老师，凝视过你们清澈的眼睛、靠近过你们纯净的心灵。你们是我劫后的明月，是我心甘的涯岸。

这世上许多事表面很有意思，但终极意义却茫然无着，唯有读书和写作始终经得起价值的追问，它让生活变得明净纯粹，从而抵达悟道。写作是我心灵的故乡，我总会奔向它。本书的第四部分"醉里挑灯"收录了我近年来天马行空的文章。一路走过这么多的日子，从文艺青年走到文艺中老年，有欢笑有眼泪，有风也有雨，但我从未停止过文学写作。写作就像暗夜里一扇庇身的门扉，它抵御了蒙昧孕育的黑暗，化解了我心头的困苦。在读书和写作这条路上走得越远，就越开阔越清明越谦卑，越不惊不惧不困惑。它让我一路拨开迷雾，与光同行，让我眼中星河长明，心上凛冬散尽。

有的时候，写作变成了我的心事，这些年我也写了很多诗作，但这些诗因为太过个人化而变得气息隐秘，故未收入本书。其实留下一些沉入心底的文字，亦甚好，不是嘛。

将本书献给百年中国海洋大学，也将它献给近百岁的我的父亲，可是他已经来不及看到了。

2024 年 8 月

目 录 CONTENTS

第三部分　想对你说

第四部分　醉里挑灯

参考文献　/ 194

第一部分

文化记忆

你穿行在黑暗与光明

你出入于古往和今来

没有疆域的阻碍

没有时间的界限

你令我心生欢喜

以文化的姿态

这是一个常常与文化告别的城市。半个多世纪以来,我们挥手告别了一个又一个曾在青岛停留过的文化名人——老舍、闻一多、梁实秋、沈从文、洪深……"一多楼"还静默在中国海洋大学的校园里,而年轻的城市已不易再有绚烂文化的记忆。在这个恬淡的秋日里,中国海洋大学迎来了100周年华诞,于是那些久违的诗化哲思轻轻地弥漫在了青岛单纯的空气里。

中国海洋大学如一缕乡愁,依稀打开了尘封的绚丽旧梦,让这个城市悄然遥想起一个早已逝去的时代。那时的青岛拥有怎样繁华的文化姿态?老舍在这里完成了写作生涯中最辉煌的转折,创作了中国现代文学的杰作《骆驼祥子》;梁实秋在海大园里开始了自己一生中最为人所钦仰的《莎士比亚全集》的翻译;闻一多在大海的呼吸声中将一捧捧悲愤揉入诗句里,宣泄情感奔放的浪漫主义对传统的背叛激情;沈从文在崂山带着草木香味的微风里,遇到了《边城》中的翠翠……青岛"左联"在海大园成立,更使新文化运动在青岛蓬勃发展。进步戏剧演出活跃,十几种报纸副刊为文艺创作提供阵地,绘画、书法、音乐、摄影、电影、曲艺等相继发展,繁荣一时。一批自然科学家也相继来青岛从事教学科研,胚胎学家童第周、生物学家张玺、物理学家王淦昌等各具所长,各有建树,为海洋科学奠定了良好的基础。20世纪30时代的青岛俨然成了文化重镇。

先哲们在青岛缔造了一个传诵不绝的童话,童话里的主人公永远年轻俊美。那些曾和他们的时代呼吸与共的灿烂,在历史的文本记载中依然散发着不灭的芬芳,它们沉静地昭示着青岛过去岁月里的文化信念。没有文人和文化的光影流连,任何一所大学,哪怕她再古老,也终归只是一个堆积着古老遗迹的风景罢了。中国海洋大学是幸运的,自从100年前文人驻足开始,她不仅见证了20世纪30年代、50年代的人文光辉,并且沉淀了浓厚的文化底蕴,成为求知者、报国者、济世者追梦的圣地。

今天,在中国海洋大学100年校庆的日子里,我们缅怀那些为青岛留下过灿烂文化、蓬勃思想和高尚品质的人们……

梁实秋：流连而不忍离去

在青岛一处幽雅的小院里，梁实秋度过了一生中家庭生活最幸福的四年。也正是在这里，梁实秋开始了最为后人所钦仰，也是规模最为浩大的工程——《莎士比亚全集》的翻译。

青年梁实秋

当梁实秋在中国台北的家中接过女儿辗转从青岛带去的一瓶海沙时，已经是一个垂暮的老人了。晚年的梁实秋每每凝望海沙的时候，那些曾经呼啸在他年轻血管的、曾经流淌在他激情笔端的、曾经让他哭、让他笑、让他歌的往昔生活一瞬间从心底涌起……

1930年夏天,梁实秋通过闻一多结识了国立青岛大学(今中国海洋大学鱼山校区)校长杨振声,杨振声邀请梁实秋和闻一多赴青岛任教,那一刻伸向梁实秋的橄榄枝如同一道生命的曙光般意义非凡。那时延续了三年的文坛论战令梁实秋精疲力竭,他也早已厌倦了上海令人窒息的喧嚣和刻薄。1927年1月,梁实秋在《复旦旬刊》创刊号发表文章《卢梭论女子教育》,对法国启蒙思想家卢梭关于男女平等教育、注重女子经济独立等观点进行了批评。梁实秋认为男女在"自然"上便是有差别的、"不平等"的,所以即使主张女子经济独立,即使女子比男子做得还好,"她已失去了她的女子特性"。此文一出,立刻引起轩然大波。最先惹恼的是复旦大学的学生。一位署名"振球"的女生写文章质问梁实秋:"我们不晓得梁先生的居心究竟怎样,难道要我们女子永处于被男子玩弄、压迫的'特性'地位,男子可以做的事,我们永远不好去做吗?"另一位署名"研新"的学生则写文章讽刺梁实秋,大意是:梁老师你是不是误解了卢梭的男女平等观念?你所谓的男女有别,不是瞎胡扯吗?

出身于书香门第、求学于清华大学和哈佛大学、思想理念深受其老师白璧德影响的梁实秋,一时间承受不了学生的批评,他立刻致信《复旦旬刊》编辑部称:"吾人撰述学术文字,首宜屏除意气,在文字方面尤当力求点检,粗俗鄙陋之词句,与讥讪挪揄之语调,皆应避免,因讨论学术之文字,体例固应如此。近人为文,常趋于轻浮一派,且喜牵涉个人,非所以讨论学术之道也。秋之专攻,在于批评,故读他人评我之文最为欣幸,惟批评之态度必须求其严谨耳。"显然,这封信更多的是个人权威受到学生挑战后的情绪释放,回避了对问题的回答和讨论。

由此可见,梁实秋那时完全没有论战的准备,他做梦都没想到一个强大到他无法抵御的论敌正在向他走来。1927年10月,鲁迅应陈望道邀请到复旦大学演讲。读到《卢梭论女子教育》一文后,树人兄眉头一紧,心生警觉,这位名不见经传的作者岂不是要开新文化运动的"倒车"吗?于是,鲁迅在《语丝》周刊上连续发表《卢梭和胃口》《文学和出汗》《拟豫言》等文章驳斥梁实秋,"刀刀见血"，飞花摘叶皆可伤人。

随后，鲁迅的好友郁达夫也在《北新》半月刊发表《卢梭传》《翻译说明就算答辩》等文章，接茬复旦学生，劝告梁实秋"多读几年卢梭的书再来批评他罢"。当时留学归来的梁实秋只有24岁，虽因写了几首新诗被称为"豹隐诗人"，但与已是文坛巨擘的鲁迅论战，简直就是以卵击石。但年轻气盛的梁实秋还是奋起应战，不断写论文坚持将永恒不变的人性作为文学艺术和文学观，否认文学有阶级性；不主张把文学当作政治的工具；批评鲁迅翻译外国作品的"硬译"……

一石激起千层浪，梁实秋遭到左翼作家群体的围攻。于是，这场文坛论战如无法扑救的山火般熊熊燃烧，绵延不绝，论战主题扩展到"文学的阶级论与人性论""第三种人"、翻译理念、文艺政策等话题，也逐渐由学术争论发展到意气之争。梁实秋在《答鲁迅先生》中有影射鲁迅等左翼作家的表述。是可忍，孰不可忍！鲁迅撸起袖子写下了后来收入中学教材的名篇《"丧家的""资本家的乏走狗"》。"资本家的乏走狗"这顶帽子，梁实秋一辈子都没有摘掉。而这场论战一直延续到鲁迅去世，至死方休。

1930年，杨振声为新成立的国立青岛大学招揽人才，梁实秋和闻一多携手奔赴青岛，逃离了沪上的纷争。

青岛红瓦绿树，三面临海，"山坡起伏绿树葱茏之间，红绿掩映"，梁实秋纷乱的心绪渐渐被安抚，他决意于文坛硝烟而潜心读书、教书和写作。梁实秋在青岛鱼山路7号（现为鱼山路33号）租下了一栋小楼，任教于国立青岛大学外文系，担任英国文学史、文艺批评等课程的教学。

在课堂上，他声情并茂地讲授西洋戏剧的代表作和发展史；讲授莎士比亚的生平和剧作；讲授弥尔顿的史诗《失乐园》……梁实秋对自己的教学自信满满，他对学生说："我讲课，只要听之者不是下愚，不是根本不听，总能得其梗概，略具颖悟，稍加钻研，必可臻于深到。"而学生也总是将敬佩的目光投向梁老师。

那时候,梁实秋天天步行到校,身着中式裤褂和飘逸长袍,行走于崎岖小路,风神潇洒,旁若无人。除了教学外,梁实秋更多的时间用在读书、写作和翻译上。他给自己制订了一个庞大的读书计划,书目中包括《十三经注疏》《资治通鉴》《二十一史》。

梁实秋还兼任国立青岛大学图书馆馆长。学校初建,藏书不多。为了学校的图书建设,本不想再回上海的梁实秋还是赴沪采购图书,并四处搜罗各类书籍。当梁实秋听说崂山太清宫藏有一部珍贵的《道藏》时,立刻求助教育部帮忙将《道藏》移至国立青岛大学图书馆,但未能如愿。人在青岛的梁实秋还是躲不过鲁迅的利剑,鲁迅写文章指责梁实秋,大意是:你凭什么利用职务之便,在大学的图书馆下架我的书?梁实秋没有应对。直到1964年,梁实秋在《关于鲁迅》一文中提及这段旧事,说:"我首先声明,我个人并不赞成把他的作品列为禁书。我生平最服膺伏尔德的一句话:'我不赞成你说的话,但我拼死命拥护你说你的话的自由。'我对鲁迅亦复如是。"

梁实秋是个特别热爱生活的人,对家庭生活更是充满了想象和期待。到青岛的第一天,他就认定青岛旖旎的风光和凉爽的气候宜于定居。他在《忆青岛》中说:"我是北平人,从不以北平为理想的地方。北平从繁华而破落,从高雅而庸俗,而恶劣,几经沧桑,早已无复旧观。我虽然足迹不广,但北自辽东,南至百粤,也走过了十几省,窃以为真正令人流连不忍去的地方应推青岛。"青岛的干净是"无风三尺土,有雨一街泥"的北平不能比的。

梁实秋租住的房子有宽敞的院子,据资料记载院子里栽种了六棵樱花树、两棵苹果树和四棵海棠树。但我估计并不会有樱花树,他在《忆青岛》中说:"樱花是日本的国花,日本和我们有血海深仇,花树无辜,但是我不能不连带着对它有几分憎恶!"我想大概也不会有海棠树吧,梁实秋的名著《雅舍小品》,写于1940年抗日战争中的重庆,其中《病后杂谈》篇开头写道:"鲁迅曾幻想到吐半口血扶两个丫鬟到阶前看秋海棠,以为那是雅事。"

梁实秋常常自己动手在院内种花植树,一座寻常屋舍,在他的手中变得性灵情致，每当看着孩子们在繁花如簇的院子里嬉戏打闹时，他深切地感受到生活的美好。贤良的妻子、乖巧的儿女、美丽的青岛，他多么想就这样波澜不惊地生活到老。那时候，在他的晚年掀起爱情巨浪，让年逾古稀的梁实秋秒变情窦初开少年的韩菁清女士还未出生。

"我们虽然偎居穷巷，住在里面却是很幸福的。世界上没有一个地方比自己的家更舒适。"在青岛这处幽雅的小院里梁实秋度过了一生中家庭生活最幸福的四年。也正是在这里，梁实秋开始了最为后人所钦仰，也是规模最为浩大的工程——《莎士比亚全集》的翻译。

1930年底，在胡适提议下，中华教育文化基金编译委员会将莎士比亚戏剧的翻译提上工作日程。胡适选定闻一多、梁实秋、陈西滢、叶公超和徐志摩为翻译委员，计划五至十年完成。梁实秋始终毫无保留地投入翻译工作，他"广泛收集参考资料，发掘未经删节的版本，经过反复斟酌后选择了散文体翻译""除了每周教十二小时课之外，就抓着功夫翻译"。而其他四人，出于种种原因，并未完全投入这项工作。

翻译是很寂寞的事，尤其是面对莎士比亚多达三十七种的戏剧，外加三部诗集，梁实秋为此"穷年累月，兀兀不休"。这项巨大的翻译工作在他离开青岛以后间断了，直到1967年，梁译《莎士比亚全集》才最终完成并出版，前后花费了近四十年。胡适一直关注着莎士比亚戏剧的翻译工作，他对梁实秋说，等全集译成之时他要举行一个盛大的庆祝酒会。可是，胡适先生没有等到《莎士比亚全集》的出版就去世了。

在青岛的后两年，梁实秋专心治学，也渐渐形成了保守温和的人生态度。他不走极端，不冒风险，但也坚守原则，不随波逐流。青岛山明水秀，但"没有文化"，也没有适当的娱乐，天长日久，梁实秋感到日子有些乏味了。本就好酒的梁实秋于是呼朋聚饮，推杯换盏，猜拳行令，经常是薄暮入席，夜深始散。曾应邀到青岛演讲的胡适说："青大诸友多感寂寞，无事可消遣，便多喝酒。连日在顺兴楼，他们都喝很多的酒。"梁实秋说："送往迎来以及各种应酬，亦无不出于饮食征逐的方式。"

　　青岛也绝非世外桃源,20世纪30年代的中国,社会动荡,这一切都不能不影响到梁实秋的宴席,也击碎了他娴静优雅的名士梦。

　　国立青岛大学爆发学潮,校长杨振声辞职。1932年7月,教育部决定解散国立青岛大学,改为国立山东大学。杨振声、闻一多相继离开青岛,梁实秋却留下来继续在国立山东大学任教。但酒席散了,朋友走了,让梁实秋"流连不忍去"的青岛也越来越空洞起来。正在梁实秋彷徨无着的时候,从北京传来了胡适先生热切的召唤。在给梁实秋的信中,胡适写道:"我希望你和朱光潜君一班兼通中西文学的人能在北大养成一个健全的文学中心,我感觉近年全国尚无一个第一流的大学文科,殊难怪文艺思想之幼稚零乱。此时宜集中人才,汇于一处,四五年至十年之后,应该可以换点气象。"胡适又说:"看你们喝酒的样子,就知道青岛不宜久居,还是到北大来吧!"尽管当时国立山东大学校长赵太侔先生再三挽留,但梁实秋还是于1934年7月离开了青岛。

沈从文在青岛的日子

沈从文在以后回忆这段创作生活时写道:"可能是气候的关系,在青岛时觉得身体特别好,每天只睡三四个小时,写作情绪特别旺盛。我的一些重要作品就是在青岛写成或在青岛构思的。"

青年沈从文

照片上的沈从文,嘴角总是挂着善意的、含情的微笑,像个孩子般纯真又明媚。他用天性中的朴实、天真和自由看这个世界的一切,心地明净。

20世纪30年代,在写作是否可以传授、作家能否培养的质疑声中,新建立的国立青岛大学校长杨振声将"文学创作"列入中文系课程,并"亲登讲坛讲授'小说的作法'课"。杨振声在清华大学任文学院院长时就曾与俞平伯、朱自清等一起开设了高级写作课程。

1930年,杨振声到上海邀请闻一多、梁实秋加盟国立青岛大学,同时他也多方打听,想要物色一位写作课老师。徐志摩和胡适向他推荐了在吴淞中国公学教书的沈从文。当时,杨振声有过一瞬间的犹豫,因为在教育部对大学师资的要求中,大学学历是重要条件,而国立青岛大学的教师,许多都有海外留学的经历。沈从文只有小学学历,按说根本没有进入大学体制任教的机会。但杨校长只是片刻犹豫后,便坚定地向沈从文发出了邀请。然而,沈从文不仅没有因此感激落泪,反倒犹豫不决。这个自称为"乡下人"的小学毕业生,对自己的才能笃定不疑,像意大利记者法拉奇所说:"我仅凭天赋便能胜过你们苦心钻研。"事实上,在年轻时他就以文学创作和对文学的独到见解,得到很多大学校长的赏识。在国立青岛大学向沈从文发出邀请之前,沈从文就曾在胡适主持的吴淞中国公学以及陈源主持的武汉大学文学院执教。

之所以没有立刻答应杨振声的邀请,其原因或可从沈从文致好友王际真的信中得到答案,他说:"我不久或到青岛去,但又成人只想转上海,因为北平不是我住得下的地方,我的文章是只有在上海才写得出也才卖得出的。"由此可见,青岛并非沈从文的理想之地,他生怕离开上海之后,写不出文章。可是,正值时局动荡,上海各私立大学已停办,如果抛弃教职,专职写作是难以养活自己的。无奈之下,1931年8月沈从文才离开繁杂的上海,来到偏于一隅的青岛任教。他在日记中写道:"学校还是照常上课,地方安静,不会出什么事故。"

沈从文租住在青岛福山路3号,这里一幢德式小楼,庭院曲曲折折,通过石阶可以进入院内,再通过石阶才能进入居室,到了窗口就能望见阳光下随时变换颜色的海面和天光云影了。

沈从文在国立青岛大学中文系任讲师,讲授中国小说史和高级作文课程。在文学创作上自信满满的沈从文,对于教书一直没有信心。性格内向、不善言辞的沈从文第一次登上讲台,竟一句话也说不出口。呆了10分钟,才径自念起讲稿来,仅10分钟便讲完了原先准备讲一个多小时的内容,然后望着大家,再也无话可说,最后在黑板上写道:"今天第一次登台,人很多,我害怕了。"学生被他的"可爱"逗笑了。

沈从文自知理论不足,他在文章中说:"为了补救业务上的弱点,我得格外努力。"沈从文要求学生"脱去一切陈腐的拘束""忘掉一切名著一切书本所留下的观念或概念"。他不断地鼓励学生:"一支笔又学会大胆恣纵无所畏忌的写下去""这个人所读的书即或不多,还依然能写出很完美很伟大的作品"。他教学生写作,经常讲的一句话是:要贴近人物来写。他从不给学生出命题作文,爱写什么就写什么,自己命题。他给学生作文写的批语,常常比学生的作文还长。沈从文以亲自创作实践的方式向学生示范不同的写作方法和技巧。《三三》就是他在国立青岛大学(后改为国立山东大学)时为学生示范创作的小说。沈从文在青岛教书期间,"写作很勤,经常出入图书馆,查教学材料"。

然而如此努力教学,却并没有获得他预想的教学效果。由于沈从文重感觉和经验积累而不注重知识系统传授,再加上他讲话声音小,湘西口音重,学生很难听懂。据沈从文自己回忆:"刚开始有大约二十五人很热心地听讲,但是后来越来越少,一年以后只剩下了五个人,其中还有两个是去旁听的。"

但是,总是有与他惺惺相惜懂得他的学生,正如汪曾祺说:"沈先生讲课是非常谦抑、非常自制的。他不用手势,没有任何舞台道白式的腔调,没有一点哗众取宠的江湖气。他讲得很诚恳,甚至很天真。但是你要是真正听'懂'了他的话——听'懂'了他的话里并未发挥馨尽的余意,你是会受益匪浅,而且会终生受用的。听沈先生的课,要像孔子的学生听孔子讲话一样:举一隅而三隅反。"

而沈从文也在青岛发现了一个可造之才,他说:"在那里两年我并不失望,因为五个同学中有个旁听者,他所学的虽是英文,却居然大胆用我所说及的态度和方法,写了许多很好的短篇小说。"沈从文所说的学生就是国立青岛大学英文系学生王弢(1930年入校,后改名王林)。1932年,王林在《现代》杂志第二卷第二期发表了小说处女作《岁暮》。1933年后,王林曾在沈从文主编的《大公报·文艺副刊》发表小说,并且在《现代》《国闻周报》等杂志上也崭露头角。

1935 年，王林完成长篇小说《幽僻的陈庄》，沈从文亲自为其作序。沈从文称赞"他那勇于在社会方面寻找教训的精神，尤为稀有少见的精神"。

沈从文一生关怀和提携青年人，对学生更是有求必应。学生写得好的习作，沈老师就寄到相熟的报刊上发表。"经他的手介绍出去的稿子，可以说是不计其数了。"汪曾祺回忆说："我在一九四六年前写的作品，几乎全都是沈先生寄出去的。他这辈子为别人寄稿子用去的邮费也是一个相当可观的数目了。"臧克家第一本诗集《烙印》出版时，也曾得到沈从文的帮助。

沈从文在青岛教书时，置身于精英群体中，性格又略显孤僻，所以在集体中始终居于边缘位置和游离状态。而且他的小说《八骏图》又不小心讽刺了闻一多和梁实秋，让闻老师和梁老师气不打一处来，沈从文似乎被同事和学生孤立了。也恰在此时，1931 年 11 月的一天，徐志摩空难的消息，犹如晴天霹雳刺向他的心头，让沈从文悲痛到无法言表。沈从文连夜坐车赶到徐志摩遇难地济南开山，为挚友办理后事。

徐志摩对沈从文有知遇之恩，是知己，是伯乐。一个风流多情的"贵公子"，一个大山深处的"乡下人"，因文相遇，因文相知。

20 岁时，沈从文从偏远的湖南湘西老家跑到北平，一心想读大学，可是小学学历的低起点未能推开任何一所大学的求学之门。偌大的北平，让他茫然失措，从家乡一路背来的书没有一本给他指明方向，天赋的写作才能也没能打动报纸杂志的编辑。北漂的日子眼看着不知向何方了。就在这时，沈从文生命中的贵人出现了，他的人生从此迎来了巨大的转折。当年，只比沈从文大 5 岁，但在文坛已是声名显赫的徐志摩从英国游历回国后，成为《晨报副刊》的主编。

有一天，徐主编意外地在废纸篓里看到了沈从文的文稿。徐志摩惊叹："多美丽生动""浓得化不开的情怀""天才般的写作才华……"从此，徐志摩一篇又一篇地刊发沈从文的文章，最多的时候，一个月刊发了 7 篇。除了借"一己之便"，为沈从文发表文章，徐志摩还不遗余力地向朋友推荐沈从文。梁实秋说："由于徐志摩的吹嘘，胡适之先生请他到中国公学教国文，这是一件极不寻常的事，因为一个没有正常的适当的学历资历的青年而能被人赏识于牝牡骊黄之外，是很不容易。"

也就是在中国公学教书时，沈从文对学生张兆和一见钟情。张兆和是民国著名教育家、安徽富商张冀牖的三小姐，又是公认的中国公学校花，而沈从文只是一个来自边远湘西山间的清贫男子。沈从文开始频繁地写情书给张兆和，半年写了上百封，却无法打动张兆和。张兆和甚至将沈从文的情书交给校长胡适，希望胡校长管一管这位老师的师风师德。胡适对张兆和说："他顽固地爱着你。"张兆和却说："我顽固地不爱他。"

在沈从文困苦难当的日子里，是徐志摩的提携，让他走向了文坛，并逐渐走向辉煌。沈从文感慨道："没有徐志摩，我这时节……不到北平去做巡警，就卧在什么人家的屋檐下，瘪了，僵了，而且早已腐烂了。"

"轻轻的我走了，正如我轻轻的来；我轻轻的招手，作别西天的云彩。"至爱的朋友就这样猝然远离了，沈从文的心情如过路船残留在海上的一缕淡烟般空洞。

在寥落的生活里，一堆日子悠悠地过去了。"青岛不值钱的阳光，同那种花钱也不容易从别处买到的海上空气"抚慰着他那纠缠在爱恨离愁中的心，"海边既那么宽广无涯无际，我对于人生远景凝目的机会便多了些……海放大了我的感情和希望，且放大了我的人格……"

还有一个原因是，在沈从文的苦苦追求下，他的爱情突然峰回路转，张兆和终于答应了他的求婚，并飞奔到了青岛。在青岛的日子大概就是沈从文爱情的巅峰时刻了，之后的张兆和以及高青子再也没有给予他刻骨铭心的爱恋。沈从文的心境开始疏朗，眼目开始明爽。他感觉到生命的自信正在寂寞里迅速增长，心中蕴藏着的充沛能量就要爆发了，他清晰地意识到，一个创作高潮即将到来，于是沈从文开始夜以继日地写作。他糅合诗歌、游记、散文，他打破文学形式尤其是小说文体的界线，他的艺术感觉异常超越，他从大自然中体会着生命的丰富和伟大；找寻着爱与美相交融的情感；创造着人性中的庄严、健康、美丽、虔诚；抒发着浪漫主义与古典主义的情怀……

沈从文和张兆和

在青岛教书的两年里,沈从文写了几十篇中短篇小说和散文,构思成文之快,令人叹服,常常数日之内,便有新作问世。他不仅创作了《八骏图》《三三》《泥涂》《三个女性》等重要小说作品,而且写出了《记胡也频》《从文自传》《记丁玲》《月下小景》这些散文名著,进入了文学创作的成熟期。

沈从文在以后回忆这段创作生活时写道:"可能是气候的关系,在青岛时觉得身体特别好,每天只睡三四个小时,写作情绪特别旺盛。我的一些重要作品就是在青岛写成或在青岛构思的。"

1933年夏天,在崂山带着大海潮湿气味和草木香味的微风里,沈从文遇到了一个如晨曦般清透的姑娘,她穿着白色孝服从河里舀了一舀水,摆船走了。此情此景突然勾起了他17年前在湘西县城里看到的那个温柔的姑娘,两个女孩以及身边的张兆和就这样叠合着存在了他的心中,后来便成了不朽名著《边城》中的翠翠。

1933年,沈从文从崂山回来不久,杨振声辞去了国立青岛大学校长之职,到北平主持中小学教材和基本读物的编写工作。杨振声来信邀沈从文,于是在上半年学期结束后,沈从文便打点行装,离开青岛,去了北平……

老舍的青岛小巷

青岛远离喧嚣的优美气息让老舍内心宁静,时光安稳。他说:"在海边的微风里,看高远深碧的天上飞着雁字,真能使人暂时忘了一切,即使欲有所思,大概也只有赞美青岛吧!"

在青岛时的老舍

在青岛一处幽静的小巷里,一幢两层小楼安静地矗立着。这样的小巷青岛有很多,这样的幽静在青岛也是随处可得,然而不同的是这里居住过杰出的作家老舍。

青岛黄县路12号,小小的楼院如今变成了"骆驼祥子博物馆",热气腾腾地展览着老舍先生在青岛的印记。然而,往事却静默在岁月深处,那些曾经的日子消逝在游人穿梭的景象里。

20世纪30年代,国立青岛大学校长杨振声将高级写作列入中文系课程,并聘请沈从文讲授。1932年9月,国立青岛大学易名为国立山东大学,杨振声因"更改校名与学分淘汰制"风波而辞职,教务长赵太侔接任校长。赵太侔延续了杨振声重视新文学创作的办学理念和教育传统,迫切寻求一位能够担当其任的俊才,此时刚刚辞去私立齐鲁大学教职离开山东的老舍立刻进入了他的视野。

1930年初,老舍从英国伦敦大学东方学院讲学五年回国不久,私立齐鲁大学校长林济青便向他发出了热切的邀请。于是老舍奔赴济南,被聘为国学研究所文学主任兼文学院教授,主要教授新文学和外国文学课程。四年后,1934年6月,由于对学校沉闷保守的校风感到厌倦,老舍毅然辞了教职,去了上海,想从此以写作为业,走上职业作家的道路。

然而,老舍发现"上海正笼罩着战争气氛,整个书业都不景气,文艺刊物很少,当专业作家这碗饭不好吃"。正在忧烦彷徨之际,国立山东大学校长赵太侔力邀老舍赴青岛任教,老舍不得不放下职业作家的理想,接受了国立山东大学的聘书,再次踏上齐鲁大地。

1934年8月,老舍携家小来到了青岛,带着路途的疲惫落脚于青岛莱芜一路(现为登州路10号),在不远处的国立山东大学教书。学校为聘请到老舍而备感荣耀,《国立山东大学周刊》第85期对老舍的介绍说:"兹探得新教员履历及其专长,分述如后:中文系讲师舒舍予,舒先生曾在英国伦敦大学教学五年,对于西洋文学,研究极深。回国后在济南齐鲁大学中国文学系担任教授四年,著述甚多,国内各大刊物常见其作品(署名老舍),文字别具风格,极富兴趣,社会人士多爱读之。今来本校就教,中文系同学无不庆幸也。"在中文系迎新会上,大会主席严曙明发表了热情洋溢的欢迎辞:"本学年,在师长方面,新聘有现代文坛知名的舒舍予先生,将来一定能予本系同学很多的指导与教诲。"

老舍在国立山东大学开设了文艺批评、小说作法、欧洲文学概论、高级作文等课程。与不善言辞又没有授课经验的沈从文不同,老舍风趣幽默,语言功底深厚,此前又有过丰富的教学经历,讲课充满魅力和说服力,对学生作业的批改细致到标点符号的更正。在给学生徐中玉的文集序言中,老舍写道:"写吧!什么都要写!只有写出来才能明白什么叫创作。青年人不会害怕,也不要害怕;勇气产生力量,经验带来技巧,莫失去青春,努力要在今日。"

尽管老舍的课程考试"获得80分以上的据说如黎明时的星辰,寥寥数人",但选课的学生还是挤满了课堂,晦光《记老舍先生》中说:"有几门课,上课时你若去时较迟,尤其是女生,就会面红耳赤,找不到座位。"学生张希周回忆:"老舍先生在中文系教授《小说作法》《外国文学史》实际上这是比较枯燥乏味的课程,一旦到了他那里就变得生动形象起来。中间遇到有昏昏欲睡的学生,先生会停下来,然后结合课文中的某个人物与事件说几句幽默的话,顿时引来哄堂大笑,迷糊的学生也精神起来,然后先生再继续讲下去。"

在青岛居住的前两年,老舍除了教书、写作、编辑刊物外,还在许多地方演讲,尽情地释放着满怀的激情。老舍蕴意横生的演讲深深地吸引了青岛的莘莘学子。演讲现场常常因为人满为患,不得不限制人数。当时有新闻报道记录:"文学家舒舍予(老舍)应青年会之请,定后(二十四)日下午三时在该会礼堂作学术演讲。该会为限制人数起见,特印妥入座券二百张,分赠各界,届时无券,不得入场。"然而,现场还是挤进了300多人,场面失控,"多系青年学生,平日崇拜老舍之作品者。老舍所讲题材,既系伊最近所著《蛤藻集》之《断魂枪》,阐述其时间、地点、人物及创作之经验,历一个小时之久,闻着颇为感动"。

青岛远离喧嚣的优美气息让老舍内心宁静,时光安稳。他说:"在海边的微风里,看高远深碧的天上飞着雁字,真能使人暂时忘了一切,即使欲有所思,大概也只有赞美青岛吧!"老舍夫人胡絜青回忆说:"山东的一些拳师、艺人、人力车夫、小商小贩,也都是他当时的座上客,互相之间无所不谈。他自己也常常耍枪弄棒,练习拳术。"文质彬彬的老舍极具反差地热爱武术,每天早起必定练上半小时,在青岛老舍故居(骆驼祥子博物馆)还保留着老舍留下的刀枪剑戟,在青岛时,他经常与鸳鸯螳螂拳第三代掌门人毛丽泉切磋武艺。老舍还爱好京剧,"善老旦,学的是著名老旦龚云甫",在学校的聚会上他总会即兴唱上一段。

1935年12月9日,"一二·九"运动爆发,在抗日救亡的大背景下,国立山东大学爆发了大规模的抗日救亡学生运动。学校开除参加学生运动的主要六名学生,引发了更大规模的抗议。当时的山东政府主席韩复榘借学潮之机,以经费为由试图控制大学,赵太侔辞去校长职务离开青岛。老舍痛心疾首地在文章中写道:"……此地的经济权在何人之手,我们知道清清楚楚……这些时时刻刻刺激着我们,警告着我们! ……我们眼前的青山碧海时时对我们说:国破山河在! "随后老舍也愤而辞职。那一年,王统照旅欧归国定居上海后,时任暨南大学文学院院长的郑振铎曾托王统照以高薪诚聘老舍去上海暨大任教,老舍因不愿搅进上海复杂的人际关系而谢绝了。

从国立山东大学辞职后,老舍并没有离开青岛。青岛湿润的海风让老舍感受到了炎炎烈日下的宁静,他终于不用再奔波于课堂了,他终于可以实现职业作家的梦想了,于是老舍开始将全部的热情投入写作当中。这时候,他也将家搬到了黄县路12号,"这里一幢小楼不高,望不见大海,但在夜静更阑时,可以听到大海的呼吸。"那时,老舍住在楼下,楼上住着黄宗江、黄宗洛、黄宗英三兄妹。"开开屋门,正看邻家院里的一树樱花,再一探头,由两所房中间的隙空看见一小块绿海。"踏进这个小院的时候,老舍并没有意识到在这里他将完成写作生涯中最辉煌的转折。在那个夏天,他一边闻着满院花儿的清香,一边回想着朋友讲述过的一个人力车夫的故事。当笔落下的时候,文字开始沉重起来,他笔下的祥子在黑暗的社会里挣扎着、奋斗着、失败着、沉沦着……在这个有咸涩海风吹过的小巷里,老舍用简洁精练的白描手法,纯净的北京方言,创作了中国现代文学的杰作——《骆驼祥子》。

在青岛的日子里,老舍的思绪常常在关于文学、关于自由、关于理想、关于失守、关于回归、关于绝望中纠缠,在他的脸上时常会浮现生活积淀下的萧索的笑容,一篇篇满贮痛苦又饱含欢欣的自我回归之作印证着老舍创作生命的真切存在。对于底层穷苦民众的悲悯之情促使老舍从求生的欲望、被侮辱与被损害的意义上去书写贫困,像《骆驼祥子》《月牙儿》《我这一辈子》……

　　胡絜青回忆说:"在黄县路居住的这段时间是老舍一生中创作的旺盛时期。"《老舍青岛文集》介绍,老舍写作"凡90余万字,日近千言。除当时尚未涉足的戏剧之外,其各种体裁代表作均可见之于青岛。"

　　1937年7月,抗日战争全面爆发,国立山东大学奉国民政府教育部统一部署西迁至四川万县躲避战乱。1937年7月底,老舍离开青岛去济南,辗转前往大后方……

闻一多在青岛的"隐居"往事

　　20世纪30年代中国政治风云诡谲,社会动荡不安,令无数知识分子无所适从、惆怅不已,青年闻一多亦是身心疲惫,这个感情奔放如烈火腾烧的诗人产生了彻底退隐,远远地躲到"另一个世界"的念头,偏于一隅的青岛便成了他的"另一个世界"。

青年闻一多

　　在中国海洋大学校园里,常青藤缠绕着一幢二层小楼,古老的红色瓦顶闪耀着热情的光芒,这便是"狂放诗人""民主斗士"闻一多的故居,被后人命名为"一多楼"。作为诗人、学者、美术家的闻一多,短暂的一生满怀爱国主义激情。他将

"爱"看作诗人的天赋,并携带这爱冲出书斋,将生命化作了真诚、炽烈的诗篇。

1930年夏天,国立青岛大学校长杨振声向闻一多发出了热切的召唤。闻一多与杨振声是旧相识,1925年6月留美归国的闻一多向新月派杂志《现代评论》投稿,结识了该杂志编辑杨振声,两人一见如故。1926年4月,闻一多与杨振声、徐志摩创办了《晨报·诗镌》。老朋友的邀请,让闻一多放弃了加盟清华大学的机会,与好友梁实秋相偕来到青岛,担任国立青岛大学文学院院长兼国文系主任。这一年闻一多只有31岁,却拥有非同一般的求学和教学经历。

闻一多14岁考入清华学校,就此开始了他的诗歌创作,并开始系统研究新诗格律化理论,写成《律诗底研究》。1922年赴美国留学,先后在芝加哥美术学院、科罗拉多大学学习美术及诗歌。1925年3月,闻一多在美国创作了《七子之歌·澳门》,1999年澳门回归祖国主题曲《七子之歌》便改编自闻一多的这首诗。

到国立青岛大学之前,他已经发表有《评本学年〈周刊〉里的新诗》《诗歌节奏的研究》《〈女神〉之时代精神》《泰果尔批评》《诗人的蛮横》《戏剧的歧途》《诗的格律》等研究文章,并曾任职国立中央大学外国文学系主任和武汉大学文学院院长。

20世纪30年代的中国政治风云诡谲,社会动荡不安,令无数知识分子无所适从、惆怅不已,青年闻一多亦是身心疲惫,这个感情奔放如烈火腾烧的诗人产生了彻底退隐,远远地躲到"另一个世界"的念头,偏于一隅的青岛便成了他的"另一个世界"。踏进国立青岛大学的那一刻,闻一多便立刻钻进书堆里不问世事了。

闻一多潜心于教学,他讲课满腔热情,爱憎分明,他的讲授简直就是一个充满诗意的过程,学生们听得如痴如醉。他时常会将早上的课调到黄昏时分,认为迎着夕阳和晚霞上课是一件特别浪漫的事。闻一多总是抱着一大摞书昂首阔步地走进教室,学生起立致敬后,他便在讲台坐下,然后慢慢掏出一包烟,笑眯眯地问学生:"你们哪位吸呀?"当然没人吸,他就在学生的笑声中点上一支,吸完烟后他才不紧不慢地开始讲课。他教授的名著选读、唐诗、英诗入门等课立论新颖,考证严密。在课堂上他不断地启发学生提出问题,能当场回答的就及时解答,不能当场回答的,便笑着说:"你可把我考住了,这问题等我想一想,查一查资料再谈,可否?"

闻一多讲课之精彩,远近闻名。每次上课,教室里座无虚席,除了本系的学生之外,外系的甚至是外校的学生都来听,走道里窗外站满了人。讲到兴致盎然,一多老师就忘记了下课时间,学生当然也不会提醒他,直到夜幕降临,月光接上了灯光,"三更灯火五更鸡,正是男儿读书时"。

"红烛啊!这样的红烛!诗人啊!吐出你的心来比比,可是一般颜色?"闻一多在20年代先后出版的《红烛》和《死水》二部诗集,奠定了他在中国诗坛的地位。这位以模仿梁启超的文笔而获得作文高分的清华学生,在五四运动爆发后,便投入了胡适所倡导的用白话文写新诗的创作中。梁实秋称赞闻一多是"清华现在惟一的诗人",说他"满脑子都是诗"。

但到青岛之后,闻一多基本上停止了新诗创作,潜心于学术研究,开始由诗人向学者转变。他将古典文学研究从唐诗扩大到《诗经》,又在游国恩的影响下开始楚辞研究。到青岛的第二年,闻一多住进了学校第八宿舍(1950年,山东大学将其命名为"一多楼"),他教书、写作,研究《诗经》、唐诗,除了上课外,门不出楼不下,因此得了"何妨一下楼主人"的雅号。他的学问之好得到了同行的公认,冯友兰说:"由学西洋文学而转入中国文学,一多是当时的惟一成功者。"

在青岛的两年里,闻一多创作的文学作品仅有长诗《奇迹》及散文《青岛》。初到青岛时,闻一多满眼红瓦绿树,满心清静安宁,但是日子久了,青岛的苍白让他感到前所未有的空虚。"这里没有南京的夫子庙,更没有北京的琉璃厂",闻一多毫不掩饰地评价青岛"没有文化"。稀薄的文化氛围难以激发闻一多创作的灵感,内心的苦闷恐怕也只有用酒来排遣了,于是闻一多加入了校长杨振声组局的"酒中八仙","三日一小饮,五日一大宴"。

中国海洋大学校园里的闻一多雕像和"一多楼"（刘邦华　摄）

除了酒，闻一多和酒友方令孺"在情感上吹起了一点涟漪"。方令孺是闻一多引荐至国立青岛大学的，也是他带入酒局的，是"酒中八仙"中唯一的女性。梁实秋曾在谈《奇迹》的文章中提及此事："实际是一多这个时候在情感上吹起了一点涟漪，情形并不太严重，因为在情感刚刚生出来一个蓓蕾的时候就把它掐死了，但是在内心里当然是有一番折腾，写出诗来仍然是那样的回肠荡气。"闻黎明、侯菊坤在《闻一多年谱长编》中接着梁实秋的话说："梁实秋说的所谓情感上吹起了一点涟漪，大概是先生与中文系的方令孺之间的关系。""方令孺讲授《昭明文选》，遇到问题经常向先生请教，先生也教她一些写诗的方法，于是引起某些好事者的流言。先生得知，便与林斯德商量，认为把妻子接来，流言便可不辟自灭。"其实闻一多曾携妻儿到青岛，但很快又将他们送回湖北老家，与方令孺传出绯闻后，又于1932年春让夫人携子回到青岛。可见，闻一多当时的纠结心态。

初来青岛时，闻一多落脚的小房子距大海很近，推开屋门即可见海滩。月白风清的夜晚，大海涨潮，轰鸣呜咽，往复不已，闻一多不禁动容，那些如丝一样缠绵，如泉一样明澈，如火一样热烈的诗，就要从他的心底奔涌而出了。在青岛过隐居生活，绝非这个浪漫主义诗人的个性和本愿。闻一多原本是对世界充满了理想主义的憧憬，面对黑暗的现实，他会像狮子一般发出阵阵吼声，将他的悲愤揉入诗句里，宣泄情感奔放的浪漫主义对传统的背叛激情。

躲进"另一个世界"的闻一多终究还是难以完全摆脱政治的纠缠。九一八事变使爱国学生运动日益高涨，国立青岛大学亦三次爆发学潮。在每次学潮中，闻一多作为教授代表都站在校方一边反对学生罢课。对此，梁实秋在《谈闻一多》中解释："我们这一代人在五四时代都多多少少参加过爱国运动，年轻人的想法我们当然是明了的，但是当前的形势和五四时代不同，所以平津学生纷纷罢课结队南下赴京请愿，秩序纷乱，我们就期期以为不可。这一浪潮终于蔓延到了青岛，学生们强占火车，强迫开往南京，政府当局无法制止，造成乱糟糟的局势……我们冷静观察认为是不必要的，但是我们无法说服学生不这样做。学生团体中显然有所谓左倾分子在把持操纵，同时学校里新添了几个学系，其中教员也颇有几位思想不很平正的人物在从中煽惑。在校务会议中，我们决议开除为首的学生若干名，一多慷慨陈词，认为这是'挥泪斩马谡'，不得不尔。"

闻一多和梁实秋在处理学生时的严厉态度，招致学生发表《驱闻宣言》《国立青大全体学生否认杨振声校长并驱逐赵畸梁实秋宣言》等极端言论。声称闻一多"援引了好多私人及其徒子徒孙，并连某某左右其手包围杨振声校长"。

1932年6月，闻一多在劝阻欲来青岛谋职的饶孟侃的信中说道："我与实秋都是遭反对的，我们的罪名是'新月派包办青大'，我把陈梦家找来当个小助教，他们便说我滥用私人，闹得梦家几乎不能安身。情形如是，一言难尽。你在他处若有办法最好。青岛千万来不得，正因你是不折不扣的新月派。"

劝阻了饶孟侃之后不久，闻一多便不愉快地离开了青岛，去往北平任教于母校清华大学。

洪深对青岛的缱绻

洪深于1934年9月接受了国立山东大学的聘请，离开上海，来到他熟悉的青岛任教。从此，关于这座城市的缱绻回忆在洪深心中再也挥之不去了。

洪深

在青岛八关山脚下矗立着一座小楼，那粗犷的花岗石墙壁，静默地提示着繁华旧梦里一个叫洪深的戏剧家曾经绽放过的青春激情。

1934年，国立山东大学校长赵太侔正在寻找能够接替梁实秋，任外文系主任的人选，梁实秋提议聘复旦大学教授洪深接任。彼时洪深处在"被国民党监视了几年、个人的恋爱、事业和友谊都受到打击、心情十分抑郁的时候"，正欲离开上海。于是在"梁先生说项，赵太侔校长力请，俞珊从旁劝驾"下，洪深于

1934年9月接受了国立山东大学的聘请,离开上海,来到他熟悉的青岛任教。从此,关于这座城市的缱绻回忆在洪深心中再也挥之不去了。

1913年,在兵连祸结喧嚣紊乱的岁月,枪杀国民党领袖的"宋教仁事件"发生后,洪深的父亲洪述祖躲避到了青岛。这个民国初年的风云人物,在青岛开始了他舒适的生活。他在市区建造了住宅,又在崂山南九水建起一座别墅,取名为"观川台"。那时洪深正在清华大学读书,每年的寒暑假便回到青岛家中度假。居住在依山傍水的别墅里,洪深难以抑制蓬勃的少年才情,他以"崂山梨"为背景创作了人生第一个带有台词的剧本《卖梨人》。《卖梨人》也成为我国第一个有对白的独幕话剧。

大学毕业后,1919年,26岁的洪深考取了哈佛大学,攻读戏剧文学,成为中国学生赴欧美专攻戏剧的"破天荒第一人"。1922年,洪深在美国获得硕士学位后,踏上了回国的路途,从此开始了他在中国戏剧史和电影史上光辉的人生历程……

重回青岛,父辈在青岛的房产早已被日本统治者没收。曾经的浮华已散去,洪深只得租住在福山路1号的一幢欧式小楼里。洪深在国立山东大学外文系开设了英国文学史、大学戏剧、浪漫诗人、小说选读等专业基础课和文学专题研究课。洪老师授课生动有趣,独具特色,他结合戏剧理论的传授,组织学生进行戏剧创作、戏剧分析和演出,将学生带入戏剧情景中学习理论知识,寓教于乐。在国立山东大学教书之余,他不仅创作了《以内门》《多年媳妇》《汉宫秋》等剧作,还发表了《几种逃避现实的写剧方法》《山东的五更调》《谈戏剧之理论与实践》等戏剧研究论文。

作为戏剧家,洪深指导学生组建了"国立山东大学话剧社",1935年秋,更名为"国立山东大学戏剧团"。剧团先后演出独幕话剧《一兵士》和《玩偶之家》,三幕话剧《寄生草》等剧目。其中洪深亲自导演的《寄生草》轰动了整个青岛剧坛,由荒岛书店代售演出门票,票价为"大洋三角"。据当时的《青岛民报》报道:"因系青市之创举,故各界购买入场券者,极为踊跃……门票供不应求,颇多向隅;翌口大雨滂沱,外宾踊跃。"

除了组织剧团外,洪深给予国立青岛大学时期即已创立的"海鸥剧社"热情支持和指导。1931年1月,左翼戏剧家联盟(以下简称"剧联")正式在上海成立,"剧联"成立后,南国社加入"剧联"。俞启威到青岛就读于国立青岛大学之后,1932年4月,在上海"剧联"授意下秘密成立"剧联"青岛小组,即"海鸥剧社"。

1932年5月28日,"海鸥剧社"在学校小礼堂首场演出了两部表现底层人民反抗剥削压迫的话剧《月亮升起》和《工厂夜景》。《国立青岛大学周刊》记录了这次演出的盛况:"是日观众不下千余人,济济一堂,诚属空前盛举,二剧表演均佳、恰到好处,颇得观众之赞美。"1932年冬,反映抗日思想的剧本《放下你的鞭子》由上海传到青岛,俞启威提议为宣传抗日,下乡为农民演出这幕剧。于是崔嵬将《放下你的鞭子》改编成适于农村街头演出的"广场剧"形式,并改剧名为《饥饿线上》。"海鸥剧社"成员带着简单的服装道具走进崂山王哥庄为农民演出,台词用当地方言。"海鸥剧社"深入农村宣传革命的创举,引起上海方面的关注。1932年6月30日,左翼作家联盟机关刊物《文艺新闻》以"预报了暴风雨的海鸥"为题报道和高度赞扬了"海鸥剧社"。

得到洪深的支持和鼓励,"海鸥剧社"从国立青岛大学时期一直活跃到国立山东大学时期,直至1933年夏天俞启威被国民党特务抓捕,崔嵬等人逃离青岛赴北平避难之后,"海鸥剧社"被迫停止了活动。然而,无论经历了怎样的战火硝烟和暴风骤雨,海鸥终将勇敢地翱翔在海天之间,经过几代学生的努力,1998年,"海鸥剧社"在中国海洋大学(时校名为青岛海洋大学)恢复成立,并于1998年5月17日演出《雷雨》《项链》《深情》《风雨起兮》等剧目,宣告"海鸥剧社"的新生。这个有着90多年历史传承的学生社团今天仍然活跃在中国海洋大学的校园里,成为一代又一代学生守护和热爱的社团。

从国立青岛大学时期到国立山东大学时期,学校教授们的文学活动多在大学校园内,与青岛当地的文化环境基本上处于隔离的状态,他们在青岛期间仍将文学作品和学术论文投往上海或北平发表。为了打破这一现状，1935年7月，洪深会同老舍、王统照、臧克家、吴伯箫等12人创办了一份文学期刊，随《青岛民报》发行。洪深将其命名为《避暑录话》。《避暑录话》是松散的同人刊物，没有主编也没有编辑部，每期出刊之前大家在酒馆或者王统照家里聚谈组稿，编辑事务由《青岛民报》社的刘西蒙负责。

洪深在《发刊辞》中写道："这十二个文人，作风不同，情调不同，见解不同，立场不同；其说话的方式，更是不同——有的歌两首诗；有的讲一个故事；有的谈一番哲理；有的说个把笑话；有的将所观察到的人事表现在一出戏剧里；有的把所接触到的人生，以及那反映人生的文学、戏剧、电影等，主观地给以说明与批评——他们正不妨'各行其是'。他们在这一点上是相同的：他们都是爱好文艺的人；他们都能看清，文艺是和政治、法律、宗教等，同样是人类自己创造了以增进人类幸福的工具。他们不能'甘自菲薄'；他们要和政治家的发施威权一样，发施所谓文艺者的威权。"由此可见《避暑录话》同人的聚集带有随意性和偶然性，他们和而不同，"各行其是"。《避暑录话》撰稿人相对固定，地方色彩也较为浓厚，所发表的新文学作品多与青岛有关，题材较为自由。据臧克家回忆，洪深曾解释《避暑录话》："避暑者，避国民党老爷之炎威也。"

《避暑录话》于1935年7月14日创刊，至是年9月15日即告终刊，仅出了十期，然而这个昙花一现的刊物的影响力却超出了青岛本埠，受到读者的关注和追捧。"本刊出刊不久，即承各地读者纷纷来函询问出售地点及定价，远及香港四川，亦有来函订阅者……"老舍在《完了》一文中解释《避暑录话》休刊的原因是"我们的避暑原是带手儿的事，我们在青岛都有事作。在这里，我们并不能依照'避暑生活'去消磨时日；况且我们也没都能在青岛过这一夏呢。克家早早的就回到乡间，亚平是到各处游览山水，少侯上了北平，伯箫赶回济南……"虽说《避暑录话》曾是青岛最好的文艺副刊，但由于大学内外的文人合作办刊的暂时性和不稳定性，《避暑录话》生命过于短暂，它终究未对青岛的文化繁荣增添太多可能性，青岛依然居于"文化边城"，仍然是人们口中"风景的绿洲，文化的沙漠"。

那是一个令人气息急迫、热血喧腾的时代，又是一个令人感伤的时代，历经了无数次争战与议和的人们对世事都已淡漠了，人们的情感流离失所无处依托……洪深决心学习易卜生，创造"社会问题剧"，他开始用全新的电影剧本形式急切地去表现这个时代。他将青岛遭受德国、日本侵略的历史和自己家庭在青岛的经历相结合，创作了中国电影史上第一部电影文学剧本《劫后桃花》。1935 年，上海明星影片公司不惜出巨资，派阵容强大的剧组来青岛拍摄这部电影。张石川出任导演，胡蝶、舒绣文、王献斋、龚稼农等当时的"大腕影星"担纲剧中角色。剧组在青岛的日子里，影迷们日日聚集在洪深家门外翘首等待一睹影后胡蝶的风采……

1936 年早春，国立山东大学爆发了大规模抗日救亡学生运动，其间学生分化为截然对立的"救国会"和"护校团"两派，"救国会"声势浩大并与校方发生对峙。洪深等教师支持学生"救国会"，洪深在报纸上发表《洪深启事》，并递交了辞呈。抗战前夕，抗日救亡运动呼唤着洪深，洪深离开了青岛重返上海。

王统照：青岛新文学的拓荒者

在观海二路王统照的书斋里,青岛的文人们一同"送走过多少度无限好的夕阳,迎接过多少回山上山下的万家灯火"。

王统照

在中国海洋大学鱼山校区图书馆前的草坪上,王统照先生的雕像谦和地独守在阳光和青草间,引领着每一次瞻拜仰望和每一次肃然起敬的目光。王统照是20世纪前50年中与青岛联系最为紧密,在青岛居留时间最长的作家。

1913年,16岁的王统照在完成了私塾教育后,离开家乡山东诸城到了济南,进入育英中学读书。5年后,王统照前往北京,就读于中国大学英国文学系,随后在新文学运动的初期,他与茅盾、郑振铎、许地山等12人发起建立了中国新文学史上第一个纯文学团体——文学研究会。这一时期,王统照创作、翻译了大量小说、散文和新诗,成为与叶圣陶、谢冰心、朱自清等齐名的具有影响力的作家。

1926年7月,王统照接到母亲病危的消息,匆忙辞职从北京赶回故里。1927年,母亲去世后,王统照似乎再也没有逗留在家乡的理由了,于是他决定举家迁到青岛。20世纪20年代的青岛"风景美丽如绿洲,文化冷落如沙漠",王统照之所以定居于青岛,是因为青岛之"地广俗朴,风候宜人"。他托人在青岛买下了观海山西坡一亩多地,盖了十几间平房。这里的风景让正在经受丧母之痛的王统照感受到了心情的平复,"每天下午,太阳光正射在院落里,夕阳西下,照得海水一片通红,海色天风,最适人意"。为了看海,王统照还在书房外特意修了一座小平台,起名为"望海台"。每到黄昏,王统照瘦弱的身影就会出现在望海台上,凭海临风,任风将长衫高高地吹起。

迁居青岛后,王统照先后在铁路中学(今青岛第六十六中学)和市立中学(今青岛第一中学)任教。1929年,王统照发表了在青岛完成的早期作品《刀柄》《火城》。此后,他又创作了《海浴之后》《沉船》等。经过济南、北京的历练,王统照最终在青岛完成了人生蜕变,也完成了一个作家的职业积累。

1929年9月1日,王统照创办了青岛历史上第一份新文学刊物《青潮》月刊,由青岛书店出版发行。王统照在《青潮》发刊辞《我们的意思》一文中写道:"文艺自不能以地域为限,但在这风景壮美及近代的新都市的各种刺激与现示的青岛,我们平常想望着有这种刊物,这不是为'河山生色,乡土增光',或是迎合社会需要之陈旧的与投时的货品的观念,但在天风海水的浩荡中迸跃出这无力的一线青潮也或是颇有兴致的事吧!"表达了试图推动青岛参与到全国性的办刊办报的运动中去,成为中国文学阵地的宏大愿望。

然而《青潮》并未如王统照所愿成为表达思想的广阔天地和长久力量,在它的创刊号上除了《我们的意思》《编辑后》两篇发刊辞和编者按之外,登载的全部作品包括王统照的小说《刀柄》、李同愈的小说《父子》、王玫的诗《漫漫夜》、杜宇翻译的数首外国诗歌及德国哈森克莱弗的喜剧《决定》、姜宏翻译的童话《小彼得》、庸人的长诗《石堆前的幻梦》、息庐翻译的丹麦甲考孙的《两个世界》以及提西、梦观的两篇小品文。其中，王统照、李同愈、杜宇、姜宏、王玫等人皆为《青潮》的编辑。《青潮》虽称为月刊，但实际上时隔三个月，也就是1930年1月1日才出版了第二期，之后就因为经费与稿源等被迫停刊了。

但夭折的《青潮》却像报春的第一抹新绿，意想不到地引发了青岛文化的春天。自《青潮》之后，青岛的报刊和学生创办的文学社突如"雨后春笋，特别是所谓文艺刊物正各自在这大时代中争着，奋跃着，挣扎着，呻吟着他们未来的革命。这究竟是一个蓬勃的现象"。青岛当地"报章繁兴，印刷鼎盛，以视前期，不啻相去十倍"。据统计，20世纪30年代青岛的中文报纸有《青岛时报》《青岛民报》《正报》《青岛晨报》等近20份，外文报纸有《泰晤士报》《大青岛报》《青岛公报》等近10份，外文报纸的数量超过了北京、天津、汉口等城市，直追上海（11份）。这是一个前所未有的青岛报业发展的时代，"在社会上，在思想上，在我们这样民族的国家里，一切时代意识的认识已给予我们对于渺茫的前程有微光的启示与希望……"

王统照是青岛新文学的拓荒者，是文人圈中的核心人物，他在观海二路49号的居所自然成为青岛文人们的聚集地。虽然那时王统照并非大学教授，但当时在国立青岛大学（国立山东大学）的杨振声、闻一多、老舍、洪深等常常登上他的望海台谈文论道，把酒品茗。每当这时候，王统照的眼里就会放射出异样的光彩。观海二路49号更是文学青年的向往之地，当时还在国立青岛大学求学的青年臧克家更是得到了王统照的帮助和提携。臧克家在回忆文章中写道："剑三（王统照字剑三）很看重友谊，真诚待人，给人以温暖，如陈年老酒，越久越觉得情谊醇厚。对我这个后进，鼓励、扶掖，不遗余力。我的第一本诗集（即《烙印》），他是鉴定者，资助者，又作了它的出版人。没有剑三就不大可能有这本小书问世。"在观海二路的书斋里，青岛的文人们一同"送走过多少度无限好的夕阳，迎接过多少回山上山下的万家灯火"。

王统照在《〈银龙集〉序》中说："民国十五、六、七年间，我寂居海隅，身体多病,消磨日月于种种的苦闷情绪中,渐渐把以往的青年心理与对人事的简易看法逐渐改变。沉静悒郁的寻思,冷眼默看的观察,虽然有'离群'之苦,却增加了人生的清澈认识。"在"国破山河在,城春草木深"的时刻,王统照的望海台,让他看到了大海的苍茫,也让他看到了"在北风呼啸的天气里,衣服褴褛的穷人流浪在街头,侵略军的水兵酗酒行凶,国民党的警车横冲直撞……"于是他深入青岛社会,了解民情,调查采访,开始了《山雨》的创作。这部以胶东为背景的小说,描写了动荡的时局,农村的破产,预示了风暴即将到来,并深刻分析了"北方农村崩溃的几种原因与现象,以及农民的自觉"。无论是农民与城市的突发性的无奈遭遇,还是新生的青岛对一代背井离乡者命运的影响,《山雨》都是具有开拓意义的叙述尝试。1933 年《山雨》出版后,社会反响强烈,成为新文学史上现实主义里程碑式的奠基之作,因与茅盾的《子夜》同一年出版,那一年被文学评论界称为"子夜山雨年"。然而《山雨》的出版,也让王统照遭受了飞来横祸。国民党中央宣传委员会以《山雨》"颇含阶级斗争意识……予以警告,勒令禁止发行",王统照被列入"危险人物"黑名单。此时的王统照不得不离青岛返回故乡,变卖田产,被迫赴欧洲游历了一年。1935 年春,王统照回国,在青岛创办《避暑录话》周刊。1937 年,迫于青岛时局的紧张,王统照举家迁往上海,这一去,就是八年。

中国海洋大学鱼山校区里的王统照雕像(刘邦华　摄)

　　1945年夏,抗战胜利后,王统照全家再次迁回青岛。回到观海二路,眼前的宅子已是家徒四壁,家具、藏书、资料都被日本人抢劫一空,王统照不禁从心底涌起无限悲凉。1946年8月,国立山东大学在青岛原址复校,王统照应聘为山东大学中文系教授,主讲中国现代文学史、现代小说等课程。他看到被劫后的学校图书馆已无藏书,便将自己尚存的300多种线装地方志转赠给了学校。王统照知识渊博、学问高深、治学严谨,在教书的日子里,他不断教导学生如何明辨是非,分清敌我,走上革命的道路。他恨不得将毕生所学所悟倾其所有教给学生。在学校期间,他一面教书,一面继续文学创作。仅从1946年至1950年的几年时间,王统照所写的小说、诗歌和译作130多篇。

　　在青岛解放前夕的日子里,王统照奋不顾身地支持"反饥饿、反内战、反迫害"罢课示威游行,支持学生运动,从不向任何势力低头。他在演讲中高呼:"国无宁日,何谈学习! 同学们! 我们坚决支持学生运动! 学生的行动是正义的,誓做你们的后盾! "郑振铎在《忆王统照先生》一文中写道:"表面看起来,王统照先生是随和得很的人……但他是有'所不为'的! 他是内方外圆的,其实,固执得很。对于不义正的事,他从来不肯应付,或敷衍一下,他嫉恶如仇。他从来没有向任何罪恶势力低过头……他在山东大学做教授的时候,乃是一盏明灯,照耀着学生们向光明大路走去。"

　　1948年夏,王统照因支持学生运动,遭到校方解聘。同年,他的《银龙集》出版。此后不久,王统照在一个他相信光明的时代即将来临的时候,离开青岛前往济南任职。

臧克家：青岛的校友

臧克家对母校更是痴情一片，他说："我充满了对母校的感恩和怀念之情……这种感情，红火一般炽烈，海涛一般澎湃。"

学生时代的臧克家

1930年，国立青岛大学入学考试成绩公布，一位24岁的考生数学为零分，作文也只写了三句杂感："人生永远追逐着幻光，但谁把幻光看成幻光，谁便沉入了无底的苦海。"按说，这个考生注定无法被录取。不过，他却幸运地碰上了当时在国立青岛大学文学院任院长的闻一多。闻一多从这三句杂感中看到了潜伏在这个年轻人身上的才华，便破格录取他成为这所大学的首批学生。果然，这个青年没有辜负闻一多先生的期望，很快就发表了一首又一首的新诗，并于1933年出版了轰动一时的诗集《烙印》。他就是后来誉满诗坛的臧克家。

1929年，经历过大革命血与火的臧克家，考入国立青岛大学补习班，不久因病休学，回到家乡山东诸城。第二年，臧克家重返青岛，报考国立青岛大学，闻一多慧眼识才，让臧克家顺利踏入名师云集的国立青岛大学。臧克家起初考入的是梁实秋任主任的外文系，但"因为记忆力差，吃不消，想转中文系"，臧克家在《满怀悲愤苦吟诗》中回忆说："主任是闻一多先生。我一进他的办公室，不少和我抱同样目的前去的同学，全被拒绝了，我有点胆怯的立在他身旁，当他听到我自报姓名时，他仰起脸向我注视了一眼，用高兴的声调把三个字送入我的耳中：'你来吧！'从此，我成为闻一多先生门下的一名诗的学徒。"这一难得的机遇，确定了臧克家一生的道路，也使他与闻一多结下了不解之缘。

臧克家屡屡被闻一多破例提携，有其才华之故，但恐怕更多的是命运的眷顾和缘分的奇妙。在国立青岛大学，闻一多最青睐的是助教陈梦家和学生臧克家，并称闻门"二家"，但当时工林等左翼学生却对"二家"不以为然，以至于1984年中国海洋大学（时校名为山东海洋学院）决定在"一多楼"前竖立闻一多雕像并由臧克家撰写碑文时，遭到了王林等校友的上书反对。

在读大学的日子里，青岛的红瓦绿树并没有消散臧克家内心的痛楚和挣扎，他在碧海蓝天下看到的是侵略者的军舰"像一条链子，锁住了大海的咽喉"；听到的是城市贫民和工人愤怒的呼喊。压抑和愤懑常常交织在臧克家的心头，在被称为"无窗室"的青岛莱芜二路19号院小屋里，他日夜苦吟，每成一诗，墨痕未干，就带着一颗惴惴不安的心跑去向闻先生请教。闻一多总是拿起红锡包香烟，自己吸上一支，让他吸一支，两人一边吸着烟，喝着茶，一边谈诗，"室内充满了诗的空气"。臧克家后来在回忆那一段生活时说："我跟闻先生读书学习，时间不长，也不过二年，但他给我的影响很大，印象极深。""可以说，没有闻一多先生，就没有我的今天"。臧克家在入大学之前发表的诗作从未走出过青岛本地的报刊，上大学后创作的数十首诗歌，都由闻一多推荐发表在了上海的《文学》《现代》《文艺月刊》《申报·自由谈》及北平的《水星》等报纸杂志上，闻一多有意要让初出茅庐的臧克家步入文化中心，被中国文坛看见。1932年闻一多推荐发表在《新月》上的《难民》是臧克家新诗创作历程中具有里程碑意义的诗，成为他第一首具有广泛影响力的诗作。

　　臧克家在闻先生的指导下创作了不少好诗，他的诗既有一多先生讲究炼字炼句注重意境的特点，又独有浓浓的泥土气息，不刻意去营造形象，而是用朴实、凝练的大众语言创造人人都能读懂却并非人人都能洞悉的生动形象。1933年，臧克家准备结集出版处女诗集《烙印》，但因当时他名不见经传，书店不愿出版。闻一多便联络王统照等人替他出资印行《烙印》。王统照是臧克家的诸城同乡，又受闻一多委托，于是王统照以笔名"鉴先"作为《烙印》的发行人，并出资二十元，闻一多亦出资二十元，并为其作序，在北平的卞之琳为其设计封面。诗集《烙印》出版后，很快被抢购一空，好几家书店争夺其再版权。许多名重一时的评论家对年轻的臧克家给予了充分肯定。茅盾认为臧克家是当时青年诗人"最优秀中间的一个"。朱自清说："从臧克家开始，我们才有了有血有肉的以农村为题材的诗。"王统照称臧克家的出现"像在今日的诗坛上掠过一道火光"。老舍在《臧克家的〈烙印〉》中赞扬臧克家诗作的豪气与刚硬："他确是硬，硬得厉害。自然这个硬劲里藏着个人主义的一些石头子儿。……他的世界是个硬的，人也全是硬的……"闻一多更是赞美他的高徒："克家的诗，没有一首不具有一种极顶真的生活意义。没有克家的经验，便不知道生活的严重。"

　　在闻一多等人的影响和扶持下臧克家走上了新诗之路，连续出版了《罪恶的黑手》《自己的写照》《运河》等诗集。1934年，青岛的圣弥爱尔大教堂正在建设中，臧克家仰望教堂两个直刺青天的"尖尖楼"，联想到侵略者对中国人的奴役，便写了一首长诗《罪恶的黑手》。臧克家第二本诗集《罪恶的黑手》的出版，为他带来了极大的声誉，也奠定了臧克家在中国现代诗坛不可动摇的地位。

　　臧克家一生铭记恩师的知遇之恩，每当谈到闻先生，他总是"脸色红润，眼睛潮润"。而闻一多对他的这个学生也是欣赏备至，1932年闻一多回清华大学任教后写信给臧克家:"得一知己,可以无憾,在青岛得到你一个人已经够了。"

臧克家对青岛一往情深。青岛解放以后,曾四次旧地重游。1956 年,他首次回青岛,激动不已:"青岛啊!如同久别的故人,终于在解放后我们又喜相逢了!"臧克家对母校更是痴情一片,他说:"我充满了对母校的感恩和怀念之情……这种感情,红火一般炽烈,海涛一般澎湃。"

臧克家的作品陶冶了几代中国人的审美情趣,影响了几代中国人的诗学观念,滋养了几代中国诗人成长。他是诗坛的一个标志,他的存在,代表了一个时代。他走了,那个时代的一页也跟着翻过去了。

杨振声：梦因愿望而起

杨振声在青岛造就了一个梦幻般绚丽的时代，犹如黑夜里一束光点亮了青岛的天空，让这个"文化边城"猝然绽放芳华。

私立青岛大学时期校门

1930年4月，杨振声在蔡元培举荐下由南京国民政府任命为国立青岛大学首任校长。于是，国立青岛大学与杨振声如同血肉般联系在了一起。青岛也由于这个人和这所大学，便与当时国内活跃的知识分子建立了千丝万缕的联系。那一年，杨振声40岁，正值壮年的他，拥有留学哥伦比亚大学、哈佛大学和任教武昌大学、燕京大学、中山大学及在清华大学任教务长的经历。

杨振声是蔡元培的门生，他带着蔡元培"兼容并包""思想自由"的办学思想和求贤若渴的热情走进了国立青岛大学，上任后的第一个念头就是招揽一批声名显赫的学者赴青任教。

杨振声

首先进入杨振声视野的是闻一多和梁实秋。他立刻动身奔赴上海,杨振声很清楚,即使与闻一多、梁实秋友情笃甚,但要他们从文化之都上海奔赴"文化边城"青岛,凭什么呢?绝非易事。

然而天赐良机,让杨振声内心窃喜的是,此时的闻一多和梁实秋正处于人生的苦闷时期,都有离开上海的心思。这"窃喜"虽然不合时宜却恰逢其时。此前国立武汉大学爆发学潮,闻一多因被学生攻击而无奈辞职,只好跑到新月派同人聚集的上海求安慰。而正在上海任教并与胡适、徐志摩等人主编《新月》杂志的梁实秋,此时因文坛论战,被鲁迅的笔如匕首般刺痛,也想要赶紧逃离沪上是非。

在杨振声向闻一多、梁实秋发出邀请的同时,清华大学也向闻一多伸出了橄榄枝,闻一多考虑再三,对清华校局不稳有所顾虑,放弃了去清华执教的机会。当然另有一个更重要的原因是,闻一多正在等待梁实秋的决定,他早已有与梁君共进退的打算。

闻一多和梁实秋是清华同学,共同成立清华文学社,后又一起赴美国科罗拉多大学留学,又都是新月派的重要成员。青春做伴的日子让两人三观一致、兴趣相投。杨振声知道两兄弟此时逃离上海的迫切,也知道只要说服其中一人,便得两人共赴的喜悦。而青岛唯一可能打动他们的恐怕也只有气候、环境和地处偏僻，远离尘嚣。所以杨振声拍着两人的肩膀说："上海不是居住的地方，讲风景环境，青岛是全国第一，二位不妨前去游览一次，如果中意，就留在那里执教，如不满意，绝不勉强。"

梁实秋回忆说："我们当时唯唯否否，不敢决定。今甫力言青岛胜地，景物宜人。我久已厌恶沪上尘嚣，闻之心动。"于是梁实秋与闻一多商议到青岛一探究竟，大不了喝场酒打道回府。"半日游览一席饮宴之后，我们接受了青岛大学的聘书。今甫待人接物的风度有令人无可抗拒的力量。"

闻一多和梁实秋于 1930 年秋携手共赴国立青岛大学任教，闻一多担任文学院院长兼中国文学系主任，梁实秋担任外国文学系主任兼图书馆馆长。他们又通过各自的人脉关系延请贤才俊彦前往青岛任教。梁实秋回忆说："在中国文学系里，一多罗致了不少人才，如方令孺、游国恩、丁山、姜叔明、张煦、谭戒甫等。"被聘请教师中多为新月派同人，被学生们称为"新月派"教员。

杨振声一鼓作气又聘请了黄敬思任教育学院院长兼教育行政系主任；黄际遇任理学院院长兼数学系主任；汤腾汉任化学系主任；曾省任生物学系主任。此外，闻宥、游国恩、沈从文、任之恭、傅鹰等也被聘在各系任教。应了杨振声的邀请，章太炎、胡适、罗常培、冯友兰、陈寅恪等都曾作客国立青岛大学讲学。

一时间，国立青岛大学精英云集、名人荟萃，其教师阵容之豪华，在全国的大学中屈指可数，使国立青岛大学在创建后不久，就进入了一个鼎盛时期。

杨振声在青岛造就了一个梦幻般绚丽的时代，犹如黑夜里一束光点亮了青岛的天空，让这个"文化边城"猝然绽放芳华。

1931 年初，胡适乘船路过青岛，作为弟子的杨振声迎着青岛的海风，置身人才济济的国立青岛大学，自豪地对胡适说："我们的中文系主任英文很好，外国文学系主任的中文很好，两个系主任彼此交情又好，我们的中外文学系是一系。"

魅力不可抵挡的杨振声早在北大求学时即以新文学创作闻名，他的中篇小说《玉君》被称为"中国新出的最有价值的书十一种"之一,短篇小说《渔家》则受到严苛的鲁迅赞赏。但杨振声确实不是一个勤于创作的人,留下的文学作品和学术研究不多。然而在国立青岛大学的短暂任职,不可置疑地彰显了其作为教育家的耀眼才华。

杨振声坚持从严治校又作风民主,重视制度建设和教学质量的提高,对系科的设置宁缺毋滥而绝不凑数。当时的国立青岛大学曾有设立历史系的计划,因聘不到好的中国史教授于是作罢。

杨振声对学校教育有着深刻精辟的见解。他认为大学"专靠校长一人或数人是很危险的""必要有一个集思广益的组织,权在校长之上,然后种种的规程才能比较的完善"。他建立以校务会议为主的教授治校模式,由于学校初建教授较少,当时全体教授都参与到了学校大小事务的管理中,而校长作为校务会议主席,"校务会议的决议案,校长是第一个负执行的责任与遵守的义务的"。他还主张:"学校当多制造此种机会,正式如各种讨论会、辩论会等,非正式的如牛津、剑桥大学之下午茶会等,使学生得到机会与刺激,去讨论学术,批评政治、文艺及各种社会问题。"国立青岛大学因此英华蕴聚,学术气氛浓厚,学校声誉日隆。

杨振声在重视文理学院的重要性的同时,也认识到设置特色专业的必要性。他对青岛的地理环境、自然资源、古迹文献等作了详细的考察分析,提出了具有远见的办学规划,力倡开办海边生物学,他主张:"海边生物学,中国大学中有研究此学之方便者,唯厦门大学与国立青大。厦门因天气过热,去厦门研究者多苦之,又易发生疟疾。青岛附近海边生物之种类,繁盛不亚于厦门,而天气凉热适中,研究上较厦门为便。若能利用此便,创设海边生物学,不但中国研究海边生物者,皆须于此求之,则外国学者,欲知中国海边生物学之情形,亦须于国立青大求之。如此,国立青大则将为海边生物学之中心点。"杨振声的真知灼见,为中国的海洋科学作出了巨大贡献。

杨振声为人坦率正直,性格豪爽,风流儒雅,世罕奇侪。梁实秋在《忆杨今甫》中说："今甫身材修长,仪表甚伟,友辈常比之于他所最激赏的名伶武生杨小楼。而其谈吐则又温文尔雅,不似山东大汉。"

当时在国立青岛大学的学者们,教学之余都喜欢到位于青岛黄县路 7 号杨振声的住处喝茶谈诗,煮酒论文。手执大烟斗的杨振声也"总是热情接待,不是端出咖啡,就是沏上清茶"。山东人杨振声豪于酒,"今甫善饮,尤长拇战,挽袖挥拳,音容并茂。""每到周末校务会议之后照例有宴席一桌,多半是在顺兴楼,当场开绍兴酒三十斤一坛,品尝之后,不甜不酸,然后开怀畅饮,坛罄乃止。"

在青岛大碗喝酒的这批在国内举足轻重的学者文人,特别是"酒中八仙",即使没有社交媒体的那个年代,也是迅速闻名于全国。所谓的"酒中八仙"是指当时在青岛经常聚饮的八人。据梁实秋回忆:"杨今甫、赵太侔、陈季超、刘康甫、邓仲存、方令孺,加上一多和我,戏称'酒中八仙'",而起初大概总是在每次校务会议之后聚饮,所以参与者多为学校重要职员,仅有方令孺为中国文学系普通讲师,又是唯一的女性,由闻一多倡议而被纳入聚饮之列,凑成"酒中八仙"之数。文人喝酒,寂寞孤单时喝,郁闷愤慨时喝,豪情万丈时喝,酒让他们宁静的生活掀起了波浪般的喧哗,在历史久远的夜空里回响。

闻一多说:"名士不必须奇才,但使常得无事,痛饮酒,熟读离骚,便可称名士。"然而,"酒中八仙"饮酒既多,时间又长,往往是薄暮入席,深夜始散,"三日一小饮,五日一大宴"。始宽衣攘臂,猜拳行酒。还自拟一副对联:"酒压胶济一带,拳打南北二京。"此情此景,必定有酒无诗,没有诗酒唱和,也不是文化沙龙,纯属以酒浇愁而已。

这青岛的酒到底浇的是什么愁呢?梁实秋说:"青岛是一个好地方,背山面海,冬暖夏凉,有整洁宽敞的市容,有东亚最佳的浴场,最宜于家居。唯一的缺憾是缺少文化背景,情调稍嫌枯寂。故每逢周末,辄聚饮于酒楼,得放浪形骸之乐。"闻一多说:"梁兄,你别说得这么含蓄哈,青岛虽然是一个摩登都市,究竟是个海陬小邑,这里没有南京的夫子庙,更没有北京的琉璃厂,就是没有文化。"

将文化人抛入"文化沙漠",他们还能如何挣扎和自救呢?

　　遗憾的是,青岛和国立青岛大学提供给杨振声施展教育才能的时间过于短暂,杨振声更多的关于国立青大发展的卓识,很快就失去了试验和验证的机会。1932年,国立青岛大学的反日爱国运动发展到罢课斗争,杨振声召集校务会议,一致通过开除学生暴动首要分子。学生撕毁布告,包围校长公馆,要求收回成命。事变如疾风暴雨,得到北平学生的声援,规模越来越大。南京国民政府教育部在无计可施的情况下,于1932年7月3日奉行政院令将国立青岛大学解散,学生一律离校。杨振声在无可奈何中向教育部提出辞职,尽管南京和青岛都极力挽留,但是杨振声去意已决。此后,杨振声的身影便在青岛逐渐隐去了。

蔡元培：成就青岛光辉一页

　　青岛建筑的浓郁德国风格和校园里爬满常青藤的新哥特式建筑让蔡元培回想起了在德国留学的日子，这个城市让他感到无比亲切。他力主将国立山东大学设在青岛而非济南。国立山东大学是蔡元培擘画中国教育的最后手笔，是谢幕之作。

蔡元培题写的国立青岛大学校牌

　　蔡元培先生虽不像20世纪30年代客居青岛的文人以教书育人、著书立传使这座城市熠熠生辉，但他却以自身的能力和对青岛的垂爱使国立山东大学得以在青岛重建，成就了青岛发展史上闪耀光辉的一页。

　　1903年6月13日，中国教育会和爱国学社在开会时，与会者因琐事发生冲突，争执不休。当时作为副会长和评议长的蔡元培先生愤而退席，遂于6月15日离沪到青岛散心。蔡元培到青岛后，先跟着《胶州报》的创办人李幼阐学习德语，后又跟随一位德国传教士学习，为去德国留学做准备。蔡元培除了学习德语外，还用三个月时间由日文译出德国哲学家科培尔的《哲学要领》一书，由商务印书馆出版。蔡元培到青岛不到一个月，上海即发生"苏报案"，邹容、张炳麟被捕入狱，《苏报》被封，爱国学社停办，蔡元培因人在青岛躲过一劫。

1928年8月，南京国民政府教育部决定成立国立山东大学筹备委员会，由傅斯年、何思源、杨振声等11人出任委员，开始在济南筹建大学。1929年6月，在筹建国立山东大学之际，蔡元培携家眷到青岛小憩。青岛建筑的浓郁德国风格和校园里爬满常青藤的新哥特式建筑让蔡元培回想起了在德国留学的日子，这个城市让他感到无比亲切。他力主将国立山东大学设在青岛而非济南，理由是："国家正值多事之秋，战争频仍，济南四省通衢，兵家必争；青岛地处海陲，既有舟车之便，又可免战乱影响。"而当时由蔡元培担任名誉校董的私立青岛大学因经费问题停办，其校产正可作为国立山东大学的物质基础。于是筹备委员会根据蔡元培的建议，报请教育部批准，决定将国立山东大学迁至青岛重新组建，接收私立青岛大学校舍，校名为国立青岛大学。8月3日，蔡元培因国立青岛大学经费迟迟未落实，致信南京政府监察院院长吴稚晖："山东旧有山东大学，又有私立青岛大学，现教育部取消两大学，而设一青岛大学，似乎又多设一大学，而实则并两为一也。青岛之地势及气候，将来必为文化中心点，此大学之关系甚大，其经费预算年60万元，拟请中央政府及省政府各出24万元，而市政府与胶济铁路各出6万元，省政府原拨各专门学校经费28万元……"此信的目的是让吴稚晖敦请财政部长宋子文为筹建中的大学拨款。蔡元培为国立青岛大学殚精竭虑，并对"文化边城"青岛"将来必为文化中心点"充满信心。蔡元培亲自题写了校牌，并推荐他的高徒，当时在清华大学任教务长兼文学院院长的杨振声出任国立青岛大学校长。梁实秋回忆道："杨金甫是北大出身，当时在教育部里他的熟人不少，同时他是山东人，和教育厅里的人也有关系，所以他做校长是适当的。"

1930年9月国立青岛大学正式成立，9月20日在大礼堂举行开学典礼，校长杨振声宣誓就职，时任"中央研究院"院长蔡元培监督。蔡元培在开学典礼上致训词,郑重介绍了国立青岛大学设在青岛的意义及办学思路:"山东为古代文化最发达之所,在昔伯禽治鲁,太公治齐,战国时稷下为学者荟聚之地,所以教育部决定设一国立大学于山东境内,乃归并前山东大学及私立青大而设诸青岛。旧时大学多设于都市,使与社会相接近,如法之巴黎大学,德之柏林大学皆是。然英国大学之最著声誉者,则在牛津剑桥,美国各大学多设于山清水幽之所,而交通便利,接近自然,与接近社会两者均宜。青岛水陆交通,均极便利,山海林泉,处处接近自然,而工商发达、物产丰富,又非乡僻小村可比。国立青岛大学成立后,并可设星期演讲会,以集中全国学者于一地,至于大学课程,包括范围极广,青大现因经济关系,先设文理二科为任何各种应用科学之基础及研究的归宿点也。"当日上海《申报》以《青岛大学今日开学》为题报道了开学典礼盛况:"二十日上午九时,国立青岛大学在该校大礼堂正式开学典礼,同时该校杨校长宣誓就职……该校第一年级学生一百七十余人,主席蔡元培。行礼如仪后,杨校长宣誓,监誓员蔡元培授印后,并训词。次有何思源、袁方治、周钟岐、胡家凤等相继演说,后由杨振声致答辞,报告今后办学方针。"

虽然青岛因政治经济地位、地理位置、文化底蕴、历史机遇等不济而始终未如蔡元培所愿成为"文化中心点",青岛甚至没有能力和魅力留住一个来自文化中心城市北平和上海的文人学者,而仅仅成了他们的"候鸟栖息地"。但杨振声并没有辜负蔡元培对他的举荐和期望,作为国立青岛大学的首任校长,杨振声让这所大学深深地打上了蔡元培的精神印记。

1917年,蔡元培自"大风雪中"走进红楼。入主北大后不久,便提出十六字箴言"囊括大典,网罗众家,思想自由,兼容并包"。至此开始,蔡元培将北大改造成了崇高的"精神圣地"。他遵循兼容并包原则,不拘一格聚揽天下精英,既吸纳共产党人李大钊,又吸纳帝制派刘师培;既容留国家主义派李璜,又容留无政府党派李石曾;既聘任激进派陈独秀,又聘任乡村建设派梁漱溟;既宽容新派胡适,又宽容复辟派辜鸿铭。特别值得一提的是,被章士钊、梁启超、周谷城、沈尹默、梁漱溟等极力反对的锋芒毕露的激进派陈独秀以及特立独行的新派胡适,终为蔡元培力排众议而聘用,最终,一位成为缔造中国共产党的领袖,一位则成为中国新文化运动的领导者。胡适先生说:"设若不是蔡先生,我胡某人还真不知道在哪家三流小报做编辑!"

大学的灵魂是"兼容并包"。蔡元培执掌北大的时代,实现了"和而不同"。杨振声回忆说:"可能有一些学生正埋头阅读《文选》中李善那些字体极小的评注,而窗外另一些学生却在大声地朗读拜伦的诗歌。在房间的某个角落,一些学生可能会因古典桐城学派的优美散文而不住点头称道,而在另一个角落,其他几个学生则可能正讨论娜拉离家后会怎样生活。"这种不同的生活方式和思想方法在同一个地方交错重叠的现象,在北大的历史上,甚至在中国的历史上都是空前的。

杨振声作为蔡元培的学生,是蔡元培教育思想的追随者。他在就任国立青岛大学校长后,便效仿蔡元培先生广揽天下俊彦,如闻一多、梁实秋、黄敬思、黄际遇、汤腾汉、曾省、闻宥、游国恩、沈从文、傅鹰、任之恭应邀到国立青岛大学 / 山东大学任教。杨振声还经常邀请蔡元培、冯友兰、顾颉刚等精英学者到青岛讲学。一时间,国立青岛大学英华蕴聚,学术气氛浓厚。蔡元培"兼容并包"的办学思想不仅赋予了北京大学一个新的灵魂,也激励国立青岛大学学风日新,声誉日上,让这所大学一出生便风华正茂。

1931 年夏天,中国科学会议在国立青岛大学召开。作为会长的蔡元培在杨振声的陪同下走进会场,全体与会者自动起立,向这位教育界的前辈致敬。蔡元培先生作了开幕典礼报告,接着由各位学者、科学家作学术报告。会议期间,杨振声还请蔡元培向全校师生作了一场关于美学方面的学术报告,会场上掌声经久不息。

1932 年 9 月 2 日,南京国民政府行政院会议议决,将国立青岛大学更名为国立山东大学,并接受杨振声校长辞呈,任命赵太侔为国立山东大学校长。赵太侔亦是蔡元培的学生,仍然秉承了蔡元培的教育理念,延续了杨振声的办学思想。

1934 年 8 月 29 日,蔡元培再次乘船抵达青岛,赵太侔到码头迎接老师的到来,次日晚即与夫人俞珊一同到蔡元培下榻处拜望,31 日晚"赵太侔、俞珊夫妇招饮于顺兴楼……" 9 月 20 日,蔡元培参加国立山东大学成立四周年纪念大会,并发表演讲。9 月 24 日,《国立山东大学周刊》以《本校举行四周年纪念及始业式》为题报道了大会盛况。9 月 29 日,蔡元培夫妇应约观看了一场演出,其中包括离开舞台已久的俞珊演出的《四郎探母》。11 月 10 日,蔡元培离开青岛。

蔡元培两次出席国立青岛大学 / 山东大学典礼并致辞,可见他对这所大学的垂爱。有研究者认为,国立山东大学是蔡元培擘画中国教育的最后手笔,是谢幕之作。

1935 年 9 月 14 日,蔡元培再次来到青岛小住,10 月 8 日,蔡元培"晤太侔,与商海洋生物研究所经费问题"。1935 年 10 月 23 日,蔡元培离开青岛,从此再也没有踏足青岛,直到去世。

1935 年,蔡元培年近古稀,作为一代学术泰斗,仍无固定的居所,在上海租住。于是,北大师生发起了捐款集资,准备在青岛建造一所房屋,作为蔡元培先生七十寿辰贺礼。蔡元培知道后,在《答谢祝寿献屋函》中写道:"元培现愿为商君时代的徙木者,为燕昭王时代的骏骨,谨拜领诸君子的厚赐。誓以余年,益尽力于对国家对文化的义务,并勉励子孙,永永铭感,且勉为公尔忘私的人物,以报答诸君子的厚意。"据王森然在《蔡元培先生评传》中说:北大师生商定的结果是筑屋名为"孑民堂",每股五十元,"在荣成路购地基一块,不数日已得二三万元,拟于翌年动工"。然而,1937 年,抗日战争全面爆发,青岛被日军占领,"孑民堂"终未能实现。

蔡元培既是理想主义气质浓重的教育家,又是能力非凡的实干家。没有哪所大学像北大一样如此强烈地依赖一位校长,也没有哪位校长对他所供职的大学产生过如此深刻的影响。美国教育学家杜威评价蔡元培说:"拿世界各国的大学校长来比较,牛津、剑桥、巴黎、柏林、哈佛、哥伦比亚等校长中,在某些学科上有卓越贡献的不乏其人;但是,以一个校长的身份,能领导一所大学对一个民族和一个时代起到转折作用的,除蔡元培以外,找不出第二个人。"在中国现代教育史上,蔡元培早已内化为一种象征与启示。

在那不见青灯的旷野

万物蕴含着无尽的奥秘

今夜没有月光也没有天鹅

没有海德格尔也没有阿伦特

问道在语言里自由来去

解说那万古的箴言

多维智慧：自然、生活与哲学

学生："启蒙"之于"规训与惩罚"的意义是什么？

欧阳霞：启蒙运动开始即面对着强大的阻力，否定之声就未停止过。专制统治者反对启蒙，因为启蒙意味着民众可能从驯服中觉醒，产生独立意识，开始对自我价值、尊严、权利产生要求，这必然会威胁到专制统治，因此统治者希望民众越愚昧越好，必然反对和阻挠启蒙。对于大众来说，他们也未必容易接受启蒙。因为从心理学上讲，人们会不自觉地维护旧有的传统，接受旧东西容易，接受新事物不容易，启蒙对"旧有"的反动，破坏了惯性生长的日常生活和市民社会，很容易与大众为敌。启蒙的形式可以思考，启蒙的价值毋庸置疑，它是人们摆脱蒙昧获得自由、尊严和权利的途径。

米歇尔·福柯的《规训与惩罚》对我们来说是一种启蒙，甚至具有永远启蒙的意义。惩罚权力的结构变革，达到更有效更持久控制人的力量。规训权力更是无处不在，控制每一个人，塑造每一个人，我们被隐秘的权力所驯化，从外部的监视到灵魂的自我监视，浑然不觉而且不喜欢被唤醒。被驯化的人其实与动物无异，动物的条件反射不就如此吗？一个有着自由意志的人跟动物一样不知道自己被规训，这是很可怕的。柏拉图早就指出了一条如何逃脱规训的光明之路。在《理想国》中柏拉图借苏格拉底之口向格劳孔描述了洞穴的寓言：一群在洞穴里戴着镣铐的人，一直看着墙壁上的影子，哪怕洞穴背后是通往光明的洞口，他们却觉得自己看到的就是全世界。有一天一个人觉醒了，逃脱后看到了真实的世界，才知道之前看到的都是幻影。他回去拯救其他人，被拯救的人却认为习以为常的生活完全被破坏了,他们不愿被唤醒,并把走出洞穴的那个人视为叛徒和敌人,并要处死他。谁能解救这些麻木的人,唯有教育才能让人灵魂觉醒,拯救自我。所以为什么人要受教育,受教育者才可能永远警惕人性的麻木,警惕监视与规训。人其实没有那么高明,人类一直在启蒙的过程中,没有完成启蒙。

★ 知识拓展

米歇尔·福柯(1926—1984),法国哲学家和思想史学家、社会理论家、语言学家、文学评论家。著有《疯癫与文明》《规训与惩罚》《知识考古学》等。作为法国后结构主义思想的代表人物之一,他提出的知识型、权力、知识考古学等观念对其后直至今天的人文科学影响深远。

米歇尔·福柯

《规训与惩罚》详细考察了自18世纪以来欧洲刑罚系统的演变,特别是监狱作为一种主要刑罚形式是如何出现和发展的,提出了"纪律机制""全景敞视主义"等诸多概念,对权力的相关研究产生了深远的影响。

《规训与惩罚》(生活·读书·新知三联书店 2007 年版)

学生:如何理解塔勒布的"反脆弱"?

欧阳霞:传统的"二元对立"论认为事物非黑即白,非对即错,两级对立,忽视了世间万物存在灰色地带的现实。纳西姆·尼古拉斯·塔勒布的"反脆弱"不同于"强韧"。"强制"是坚硬的没有生命的,而"反脆弱"是在"强韧"的基础上的新生,意味着生命新的增长,正如我们在社会现象或组织结构中发现的那样,许多事物其实就成长于压力,成长于混乱与不确定性。

在对塔勒布的《反脆弱:从不确定性中获益》这本书中大自然的反脆弱性、医源性损伤、脆弱推手等概念与结论进行深入的阐释后,会发现"反脆弱"实际上也带有某些神秘色彩,有时我们无须强迫自己用科学知识去预测或解释所有事情。另外,这一概念同样包含着重要的哲学思想,与中国道家的"无为而治"等思想也相近。如果将《反脆弱:从不确定性中获益》同《道德经》对照,我们会发现诸多相通之处。希望同学们学会在可承受的波动性中红尘炼心,增长智慧,成为一团经受风吹却能越烧越旺的火。

★ 知识拓展

纳西姆·尼古拉斯·塔勒布,美国思想家、作家、学者、投资者。著有《随机漫步的傻瓜》《黑天鹅》《反脆弱:从不确定性中获益》等。他提出的"黑天鹅"理论广受认可,也因此被人们称为"黑天鹅"之父。黑天鹅,说的是那些无法预测的重大稀有事件。意料之外,却威力极大,可以改变一切。

纳西姆·尼古拉斯·塔勒布

《反脆弱:从不确定性中获益》涵盖了诸多议题,包括试错法、生活中的决策、政治、城市规划等。除了布鲁克林的胖子托尼的市井智慧外,源自古罗马、古希腊、闪米特与中世纪的声音和经验也如历史遗珠般贯穿全文,闪烁着令人深省的智慧之光。其核心目的是教会读者改变传统思维模式,学会判断当下各类社会现象,在逆境中找到生存法则。这也使得这本书被列为美国 2012 年度商业好书,成为风靡美国华尔街的 20 本书之一。

《反脆弱：从不确定性中获益》（中信出版社 2014 年版）

学生：如何理解"平庸的恶"？为什么说人类需要摆脱"平庸"？

欧阳霞：汉娜•阿伦特在《艾希曼在耶路撒冷：一份关于平庸的恶的报告》这本书中使用了一个被广泛流传的概念：平庸的恶。"平庸的恶"是指那些既无能又恶毒的人所造成的罪恶。这些人并不具备独立思考的能力，他们会盲目地服从命令，从而沦为纳粹大屠杀的凶手。平庸的恶具有复杂性和隐蔽性，也因此更加恐怖，在不知不觉间像细菌一样传递和扩散。

在阿伦特之前，鲁迅在《药》和《狂人日记》中，也非常清晰地表达了阿伦特想要表达的"平庸的恶"。在《狂人日记》中鲁迅借"狂人"之口，提出了振聋发聩的一问："从来如此，便对吗"，用狂人作载体，通过象征和暗示，揭露在那个时代中打着传统文化旗号的封建专制体制，提醒和启蒙当时蒙昧的中国社会。

在《药》中的人血馒头，则表现得更为清晰。民众愚昧无知地相信人血馒头可以治病，有一个沾了革命烈士鲜血的人血馒头会被旁人羡慕，认为吃了就可以治痨病，丝毫意识不到这是在"吃人"。对人的遭遇和生命毫无同理心，麻木且愚昧，正如鲁迅认为的，这种深入骨髓的恶，是无法被拯救的。

正是阿伦特、鲁迅这些思想家对"平庸的恶"进行深刻反思，唤起了处于蒙昧中的人们，让人们意识到自己不反抗、不斗争的"平庸"也会成为伤人的利刃。他们的智慧照亮了我们的现实，给了我们远方的光明，让我们可以继续前行，成为有独立思想、拒绝愚昧、不会盲从的人。

★ 知识拓展

汉娜·阿伦特(1906—1975)，美国思想家、政治理论家。早年她在马堡和弗莱堡大学攻读哲学、神学和古希腊语，后转至海德堡大学雅斯贝尔斯的门下，获哲学博士学位。

汉娜·阿伦特

《艾希曼在耶路撒冷：一份关于平庸的恶的报告》全书的主角阿道夫·艾希曼，曾在屠杀犹太人中扮演重要角色，战后化名逃往阿根廷，1960年被以色列特工抓获，1961年在耶路撒冷对其举行了刑事审判。阿伦特作为《纽约客》的特派记者前往报道该审判,最终形成了该书。《艾希曼在耶路撒冷:一份关于平庸的恶的报告》详细记录了这次引发全球关注的审判的全过程,并结合对大量历史资料的分析,提出了"平庸的恶"的概念。恶的化身未必是狂暴的恶魔,也有可能是平凡、敬业、忠诚的小公务员。艾希曼由于没有思想、盲目服从而犯下的罪并不能以"听命行事"或"国家行为"的借口得到赦免。

《艾希曼在耶路撒冷:一份关于平庸的恶的报告》(译林出版社 2017 年版)

学生: 在常态化的快节奏生活之下,我们应如何认识"慢"所带来的美?

欧阳霞: 关于时间、关于加速的研究古今中外有很多,比如在中国,自古以来就有用时间结构和美学来探索人生与哲理的传统。魏晋时代,从美学上来讲是一个中国美学思想转变的关键时期,开启了一个相对简单的、概念化的美的超越的新时代。可见,中国的审美是很早熟的。

之后有很多哲学家和思想家的研究深度关注了时间、美及幸福,比如宗白华,以及朱光潜的研究。宗白华认为美只有在"慢"的状态下才能出现,而且美也会成为对抗理性的救赎力量。

朱光潜在著作《谈美》的最后发出呼吁:慢慢走,欣赏啊。他认为人生之所以粗糙就是因为快。当然,正如哈特穆特•罗萨所说:"传统社会和现代社会的时间体验模式是不同的。"但是现代人对于时间的快已经麻木,不认为加速会造成什么困惑,我觉得这是比较悲观的事情。因为我们不知道也不相信"慢"所生长出来的美对人的教化力量。

这些古今中外的学者,尽管生活在不同的年代和环境,但他们对于时间与生活关系的思考,启示我们从无意识的顺从中觉醒,适当中断我们忙碌的生活,慢下来感受美好的生活。

★ 知识拓展

哈特穆特•罗萨,德国社会批判理论家,现为德国耶拿大学社会学系教授、系主任,埃尔福特大学韦伯学院社会文化研究所所长,纽约新学院大学客座教授,德国国家科学基金会"后增长社会"研究项目主持人。罗萨师从法兰克福学派第三代领军人物霍耐特,对政治哲学、批判理论、社会学理论都有较深的造诣。2005 年他凭借《加速:现代时间结构的改变》一书成为当代最重要的社会理论家之一。他的代表作还有《认同与文化实践》《社会学、资本主义、批判》《共同体理论》《加速时代的世界关系》《共鸣教育学》《共鸣:论世界关系的社会学》。

学生:为什么自然景观较人文景观更能获得心灵的解放?

欧阳霞:从当下的旅游打卡现象可以发现,我们现在更多选择去游览一些人为创造景观,即所谓的人文景观。实际上,对人文景观的游览,凝视的其实是一种人造的符号,以完成社会认同。尤其在网红经济的影响下,人们选择去哪里、看什么,成为一种流程和控制,最终旅游成为对人的束缚和对景观的破坏。而与人文景观相比,那些无法被人改造的、带着原始张力的自然景观,也许才能真正地寻找到生命的诗意,因为,人就是自然的一部分,我们本就有感悟天地的

灵性。只有如此才能感受到天地间的花草、动物,与人类休戚与共,惺惺相惜。

学生:在加速社会下,停止思考会令我们不再焦虑吗?

欧阳霞:加速让我们只关注当下,只关注现实的欲望,也不再相信有"彼岸",只相信有此岸,此岸也被异化,让人们慌乱无着。在加速的过程中,可能人们原来可以慢下来思考的一些问题已经没有空间,也没有愿望去思考。停止思考会令我们不再焦虑吗?答案是否定的。所以加速会给我们带来什么,失去什么,阻碍什么,推动什么,是我们需要不断思考的。

解构社会：观念立场与文化现象

学生："隐喻"在我们生活中起到了什么作用？

欧阳霞：从个体有限的经验而言，隐喻对于理解力和实际生活未必产生如研究者认为的巨大威力。隐喻最初的起点和归宿都是为了让人们更好地理解被隐喻的事物。但在了解和使用隐喻的途中产生了越来越广泛的想象空间和神秘性，这个过程充满了多角度的未解之谜，因而吸引了多学科的学者置身其中进行研究，包括新闻传播学科。从新闻实务的角度，新闻写作要求直接穿过语言到达它的指称物，使用缺乏自主性的透明语言，以保证新闻信息传播的准确性。"隐喻"产生的想象空间，会导致受众对新闻信息"仁者见仁，智者见智"的失败传播效果，因此"隐喻"不适合新闻表达，但作为思维方式的"隐喻"在新闻文本中又无处不在。这也是可以思考和研究的问题。

学生：如何理解中国语境下的"格差社会"？

欧阳霞：在《格差社会》这本书中描述的日本社会贫富分化、阶层固化、流动性难等问题，中国社会都存在。过去通过接受教育"知识改变命运"，知识实现阶层流动，在今天已无必然可能。即使通过接受教育得到了更好的发展机会，但大城市的房价有可能将一些年轻人重新打回原点。互联网时代的到来，人工智能的发展加大了机器取代人工的可能性，简单劳动者是最容易被取代的群体，也使一些人失去流动的机会。另外，户籍制度、城乡差距、劳动力歧视等因素都会加剧格差社会的形成。

那么,人类如何破除格差困境?我认为,虽然通过教育突破阶层边界已非易事,但接受教育、掌握知识仍然是上升流动的最好途径。我也希望新闻传播专业的学生不要总是沉迷于宏大叙事中,要走进最真实的底层社会,接近最广大的人群,心怀悲悯去做新闻搞研究。

★ 知识拓展

橘木俊诏,1943 年出生于日本,经济学家。1973 年毕业于约翰·霍普金斯大学,获博士学位,后在美国、法国、英国、德国大学及研究所从事教学与科研。曾任日本经济学会会长、京都大学经济学研究科教授、同志社大学经济系教授、京都女子大学客座教授。他的主要研究领域为劳动经济学和公共经济学,著有《日本的经济格差》《从家计看日本经济》《日本的教育格差》等。

橘木俊诏

20 世纪 80 年代以来,随着战后经济复苏任务的完成,日本经济发展陷入停滞状态。《格差社会》一书中,作者借助翔实的数据与实例,深入剖析了日本社会各阶层在经济、教育以及就业等方面所存在的显著差异,揭示了阶层固化现象的加剧以及贫富差距不断扩大的严峻社会现实。该书中,作者针对"格差扩大所带来的多方面影响"以及"是否应放任格差持续扩大或积极采取措施予以纠正"这两个核心议题,展开了全面而深刻的探讨。准确地把握住了本质,从新贫困层的出现这一现象入手,来重新认识日本社会的现实,认为格差不只是表面现象,其根源是一种经济的结构性问题。

《格差社会》(中信出版集团 2022 年版)

学生:从凉山毒品与艾滋并发现象看,为什么经济贫瘠的地区会开文明的"倒车"?

欧阳霞:诺苏人(彝族中的一支)对现代化社会的试探和连接往往以现代文明所排斥的方式完成,比如他们以吸毒的方式为自己举行成年礼,认为吸毒是接近城里人的道路,是荣耀之事。

这是一种怎样的好奇和迷茫?是一种怎样的心理状态?这让我联想到魏晋南北朝时期,从何晏到嵇康等人都有服食五石散的记载,而据鲁迅考证五石散是一种毒品。这些名士出众的才学、容貌和社会地位,让平民百姓认为服食价格昂贵的五石散,就是地位和荣耀的象征。所以在那个时代,有一个怪现象,街上常常会看到假装"石发"（服散后毒瘾发作）的老百姓。凉山兄弟吸毒恐怕有类似的心理，边缘人群在现代化面前手足无措，无法理解无力融入，便以扭曲的方式试图突破，却以艾滋病、死亡的结果付出惨痛的代价，最终面对的依然是贫瘠、落后，被现代化越抛越远。诺苏成为人类学家的研究对象，也值得我们持续关注。

★ 知识拓展

　　《我的凉山兄弟：毒品、艾滋与流动青年》是人类学家刘绍华所写的一本民族志。作者深入毒品和艾滋蔓延的偏远凉山地区进行田野调查，记录在国家实施现代化转型过程中诺苏人生活方式、文化、价值观等的转变，并试图寻找这里毒品和艾滋双重问题出现的根源。该书以小见大，不仅展示了作为一个边缘群体，诺苏人为了实现现代化和全球化而付出的巨大代价，也反映了整个中国社会经济迅速飞升而真正的现代化转型却没有完成，仍然面临着的巨大困境。

《我的凉山兄弟：毒品、艾滋与流动青年》（中央编译出版社 2015 年版）

学生：在理想化的关系性存在的视角下，我们不应该去问谁对恶负责，而应该共同创造善。这一观点在我国语境下同样适用吗？

欧阳霞：《关系性存在：超越自我与共同体》这本书提出的关系主义的思想与实践是基于西方的社会和文化环境。在西方文化传统中，始终占主导地位的是以强调个体为特征的个人本位论，关注个体的权益及喜怒哀乐，在此前提下本书认为"一切意义皆产生于协调或联合行动；关系并不发生于个体之间，个体的功能产生于关系之中"是有其历史、文化、价值观、世界观基础的，也才有了理论阐释的空间及实践意义。这一理论到了中国就有可能出现社会性的水土不服。东方文化崇尚以强调整体为特征的社会本位论，个体的价值取决于个人在多大程度上适应了既定的社会等级制度和道德规范，对于个体的灾难和伤痛，也总是用集体主义去道德绑架或者弱化。中国本就是人与人之间边界不清的人情社会，本就是个体淹没于群体的关系社会，因此本书所提出的理论和观点，可能会对中国读者的吸引力和现实价值降低。

★ 知识拓展

肯尼斯·J.格根，1935年出生于美国，心理学家，后现代社会建构论的奠基人与倡导者，其研究涉及自我叙事、社会建构、关系理论、文化批判等人文和社会科学诸多领域。现任美国斯沃斯莫尔学院资深教授，并在多所世界知名大学任客座教授。格根著述颇丰，其中包括著作30余部，被译成十几个国家的文字，论文近400篇。这些成果和著述为他赢得了众多奖项和世界性声誉。

肯尼斯·J.格根

《关系性存在:超越自我与共同体》是肯尼思·J.格根《现实与关系》一书的"升级版",也是社会建构论领域最新和最具权威性的著作。书中阐释了当前心理学理论与实践的发展,发展了一种具有巨大潜力的、激动人心的关系主义的思想与实践,并试图把这种对人类活动的关系主义理解应用于包括家庭治疗、合作课程和组织心理学等日常专业实践之中。正如作者所言:一切意义皆产生于协调或联合行动;关系并不发生于个体之间,个体的功能产生于关系之中。

《关系性存在:超越自我与共同体》(上海教育出版社 2017 年版)

学生:青年亚文化中的根本动力是什么? 在网络与新媒体时代,青年亚文化有哪些新发展?

欧阳霞:青年亚文化是很多人都在研究的领域,研究生们也在研究,但学生研究和学者研究的视角有很大的区别,学者置身事外,比较理性;学生往往自认为身在其中,比较感性。青年亚文化研究中,其概念中的边缘性和反抗性是从没有被忽视的,反抗性既是青年亚文化的危险所在,也是它的根本动力所在,对于社会阶层差异的反抗,对于年龄代际差异的反抗等推动着青年亚文化的发展。

在网络与新媒体时代,青年亚文化发生了很大的变化,媒介技术推动了青年亚文化的非边缘性和多元性。网络让文化偏向、性格偏向、价值取向相同的人很容易聚集到一起,网络为青年亚文化群体提供了便捷渠道。被网络收编也好,扩大和突破圈层也好,媒介新技术都提供了巨大的可能。所以在新媒体环境下对青年亚文化的研究,可能会有更多的视角。

学生:如何看待政治视角中的民主概念?

欧阳霞:事实上对于民主,一直以来都有两种不同的论调,一种就是对于民主制度的信任,比如,丘吉尔的名言:民主制度可能是不好的制度,但一定是最不坏的制度。另一种是对民主持怀疑或反对态度,反对的根本原因是对民众的理性和智识的不信任。比如,在传播学领域经常讲到的"李杜之争",李普曼质疑民众参与民主的能力,认为依赖民众的民主制度行不通,倾向于精英政治。杜威认为民众是有机的整体,而非李普曼认为的分散原子,公众可以通过参与、交流和共享获得共识,从而促进民主的实现。《用数字说话:民意调查如何塑造美国政治》这本书中也涉及大量政治传播的内容,可以从中看到作者从政治学视角对民主的思考。长久以来,民主都是一个在不断讨论的问题。

★ **知识拓展** ┈┈┈┈┈┈┈┈┈┈┈┈┈┈┈┈┈┈┈┈┈┈┈┈┈┈┈

美国知名政治学家苏珊·赫布斯特的《用数字说话:民意调查如何塑造美国政治》一书基于一项有趣的原创研究,考察了我们为何进行民意调查、民意调查通常与何物相伴,又会如何影响政治的运作过程。

该书涉及两个主题:一是民主及理性的关系,民意调查之所以受到重视,主要原因就在于它具有客观、中立的理性特征;二是民意调查的数据具有工具的和象征(符号)的两个功能。该书既有对民意调查的技术、历史方面的探讨,同时还有对它背后所隐含的政治哲学方面的思辨。全书共分为八个章节,在分析公众舆论的量化如何影响当代政治和民主进程的基础上,作者针对美国政治运作提出了一些根本性的,却又难以解决的问题。

《用数字说话：民意调查如何塑造美国政治》（北京大学出版社 2018 年版）

学生：为什么说对于落后地域而言，传统文化成为一种表演是与现代接轨的过程？

欧阳霞：十年前，我去过巴拿马印第安原住民部落，那里居住着与世隔绝的恩伯拉族人，他们贫困、落后、原始。然而，我在巴拿马所看到的原住民在贫穷中寻找的生存出路却很现代，那就是旅游业，只要有外来者，他们就出售自己的手工制品、表演自己的生活方式。我去巴拿马时，到达原住民部落的人还不多。想必如今随着游客的蜂拥而至，原住民的所谓文化都已经变成了表演，他们以此来提高生活质量，完成与现代化的链接。我想，原住民必将走出原始愚昧状态，最终将其文化以表演的形式保存和流传，而非永远保持原始状态。

学生：为什么不同的民族会有落后、先进、不同的发展路径？

欧阳霞：《枪炮、病菌与钢铁》这本书就从宏大的视角观察了人类的起源、发展、衰败等问题，探究了不同的民族为什么会有落后、先进、不同的发展路径，作者认为其原因是环境的差异,而不是民族本身生物学上的差异所致。

从某种意义上讲,贾雷德·戴蒙德是环境绝对主义者,他认为西方人生活在相对安全的生活环境,躲过更多灾难而繁衍生息。新几内亚人处于动荡、不安、战争环境中,所谓败于枪炮、败于病菌、败于钢铁,其实是败于封闭。种族主义者认为智商差异决定社会发展的程度,甚至认为智商就是道德问题,环境主义者则认为智商问题是环境问题,环境问题才是道德问题。还有一点很有意思,书中讲新几内亚儿童由于没有媒介提供的被动娱乐,所以能积极与人互动、交谈,反倒促进了其智力发展;而欧美儿童被动接受电视等媒介所提供的娱乐,智力反而得不到发展,没有了创造性。这个观点和德布雷的媒介学观点是比较相似的,德布雷认为以电视为主导的视频圈不再有流动性,一旦静止,就容易被权力、他人观点所控制,使得人们丧失理性意识,陷入无创造性的境地。这种遥相呼应的观点很有意思。

★ 知识拓展

贾雷德·戴蒙德,1937年出生,美国演化生物学家、生理学家、生物地理学家以及非小说类作家。国家艺术与科学院、国家科学院院士、美国哲学学会会员,是当代少数几位探究人类社会与文明的思想家之一。代表作有《枪炮、病菌与钢铁》。

1972年在新几内亚岛屿上研究鸟类进化的美国学者贾雷德·戴蒙德被当地人亚力问了这样一个问题:"为什么是白人制造出了这么多货物,运到新几内亚来?为什么黑人却没能做到?"正是这个问题让戴蒙德写出了这本《枪炮、病菌与钢铁》。戴蒙德认为导致如今世界现状的关键在于各个种族所处的地理位置,而非种族之间的差别。如果将美洲人与欧洲人所处的地理环境相互调换,那么踏上新大陆并殖民当地的就会变成美洲人了。

戴蒙德强调,地理环境在人类历史上扮演了决定性角色,而非种族内在优越性。他指出,欧亚大陆的特定自然条件促使了农业革命的早期出现,这进而促进了人口增长、技术进步和复杂社会结构的形成。此外,病菌在社会接触和征服中也起到了关键作用。

《枪炮、病菌与钢铁》(中信出版集团 2022 年版)

学生：如何看待"粉丝"和"大众文化"在时代中的负面色彩？我们应该如何跳出固定的批判框架看待这两个概念？

欧阳霞：100 多年前李普曼在对大众的论述中，创造了"刻板印象"这一概念。他认为公众不理性、不专业、缺乏判断能力，认为公民无法完成民主制度赋予的统治任务，把政治运作交给专业人士处理，实行精英政治会是更好的选择。而杜威不同意李普曼把公众看作分散的原子，认为公众是有机的整体，是社会的有生力量。"李杜之争"影响了后来很多学者的研究，在《文本盗猎者：电视粉丝与参与式文化》这本书中也可以看到其影子，其中所提到的对于"粉丝"的刻板印象——非理性的、被控制的、过度的不合时宜的热情等，这种现象真实存在。

而《文本盗猎者：电视粉丝与参与式文化》对"粉丝"的研究，也验证了杜威关于"让民众成为更主动的角色，在民众当中通过对话和交流，建立起广泛的联结，是真正的智慧来源"的观点。互联网使得所有人都可以在网络上写作、发声，参与的门槛基本不存在，这似乎正好就给杜威式的理想提供了一种可能。

但如今的网络舆论,又让我们看到情绪化、非理性、容易被煽动的网民。这似乎使李普曼的担忧又重新出现在了今天的网络空间。所以阅读《文本盗猎者:电视粉丝与参与式文化》,重提李普曼和杜威的辩论,是非常有意义的。

★ 知识拓展

亨利·詹金斯,1958 年出生于美国,传播和媒介研究学者,被誉为"21 世纪的麦克卢汉"。麻省理工学院比较媒体研究项目的创办人和系主任,2009 年加入南加州大学,现任南加大传播、新闻、电影艺术和教育学院的教授、教务长。詹金斯的早期研究主要围绕电视迷尤其是科幻迷展开。代表作有《文化盗猎者:电视粉丝与参与式文化》。

亨利·詹金斯

《文化盗猎者:电视粉丝与参与式文化》被认为是"粉丝"研究的开山之作,在"粉丝"文化研究领域具有不可撼动的地位。相较于传统对粉丝的刻板印象,作者认为"粉丝"并非只是文化产品的消费者,而是拥有被称为"盗猎"的主观能力,通过对原文本的挪用参与原始文本的二次生产,借助现代信息技术及庞大社群组织,建构出全新的帝国,进而融合性别、政治、宗教等庞大议题,不断与主流体制下被建构出的边缘化地位相抗争,成为当代传播学研究不可忽视之部分。

《文化盗猎者：电视粉丝与参与式文化》（北京大学出版社 2016 年版）

学生：在消费群体对"不消费群体"的异化下，被抛弃的"新穷人"将面临怎样的困境？

欧阳霞：现在很多人在网络上炫富，但可能他们平常不是这样，这就容易让人误解，让大家都觉得彼此生活在一个相对富裕的环境里，互联网也掩盖了实际的贫富差距和财富流动放缓的问题。更加危险的是贫穷的现象有可能被转化为一种长期的的现象，加剧财富分配的失衡并衍生一系列的其他问题。

过去的均贫情况给人们的不平衡感觉可能不多，而现在我们对贫富差距的感知越发明显，另外伴随着技术的发展，很多劳动者的工作可以被机器取代，这需要引起我们更多的关注。像瑞典等一些北欧国家，有着全方位的高福利，相应地也产生了人变得懒惰，缺乏动力等问题，人在思想上可能也会变得迟钝。我们需要去思考贫穷产生的原因。

《富爸爸穷爸爸》这本书认为贫穷是一种意识，穷人并非不努力，而是缺乏一种思维，有战术上的勤奋，但没有战略上的思考。另外，《工作、消费主义和新穷人》这本书中有一个观点是,金钱塑造了贫穷和富裕两种人,而富裕的人似乎更讲道德,因为穷人在思考问题的时候会优先思考自己的利益。

★ **知识拓展**

齐格蒙特·鲍曼(1925—2017),英国社会学家,当代西方研究现代性与后现代性问题的社会理论家。英国利兹大学和波兰华沙大学社会学教授。著有《现代性与大屠杀》《立法与阐释者》等。

《工作、消费主义和新穷人》是鲍曼的代表作。该书中,鲍曼深刻反思了现代社会中贫困的演变过程,并就其社会影响进行了深入的分析。通过对工作伦理、消费主义、福利国家和全球化等关键议题的探讨,鲍曼揭示了贫困定义的变革,从失业与经济联系的"贫穷",转向消费者社会中缺乏选择权的"穷人"。该书具有独到的洞察力,引导社会重新审视贫困问题,不仅强调了贫困定义的变革,也提出了对抗困苦的多元化方式。通过深度思考生产与消费的关系,鲍曼呈现了一个复杂而严峻的社会现实,使读者能够深刻理解现代社会的转型与挑战。

《工作、消费主义和新穷人》(上海社会科学院出版社 2021 年版)

学生：相较于以往的集体主义社会，在日益个体化的社会中，社会关系以及观念制度等会受到怎样的冲击与影响？

欧阳霞：我们一直说中国崇尚集体主义文化，是一个没有个体存在的社会，可是自改革开放以后，个体意识的觉醒对社会发展的意义非同寻常。《中国社会的个体化》这本书就从个体的小角度来研究大的社会的变迁，比如书中所说女性主义的觉醒对婚姻习俗和制度的影响等。中国改革开放的历史确实是非常值得研究的，它推动了人性苏醒和社会转型，对人们思想观念的冲击，对社会制度的冲击，对文化传统的冲击都是非常大的。人类学家普遍具有一种悲悯情怀，他们愿意从乡村的角度去切入研究中国，因为乡村的变化才是中国的变化，底层人民的生存状态是了解中国的重要途径，所以这些学者很清楚真实的中国到底在哪里。

★ 知识拓展

阎云翔，人类学家，美国加州大学洛杉矶分校中国研究中心主任、文化人类学教授。从北京大学中文系毕业以后，留学美国，师从著名学者张光直，获得哈佛大学博士学位。

《中国社会的个体化》是阎云翔的论文集，主要田野点在黑龙江下岬村。该书向我们展示了今天的中国文化正在见证并孕育着一种新的个体主义。这种个体主义在过去是不可言说的、不成熟的，甚至在政治上是不被接受的，而如今却公开地发挥着影响力。中国人的自我与人格已经变得与以往不同了，正如我们的社会一样，处在一个激烈转型期。作者立足于民族志的详细资料，进行了

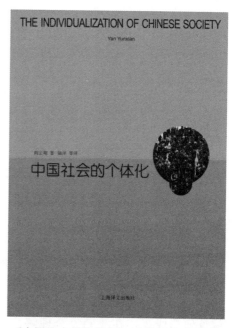

《中国社会的个体化》（上海译文出版社 2012 年版）

富有洞见的人类学分析。他还在中国与西方,以及中国的不同时代之间进行对比分析,以帮助我们更好地审视个体以及个体与政治经济之间的互动关系。

学生:在"人人平等"成为众人认同的基本底线的时代,为什么种族歧视依然在国际媒体话语中存在?

欧阳霞:在《文化理论与大众文化导论》一书中,"种族、种族主义与表征"这一章的内容对此问题就有提及。事实上,白人优越论在19世纪成为一种共识,在种族主义泛滥的时代里,可以听到很多令人难以置信的种族歧视言论。到"二战"之后,开始有了对种族主义的否定和批判。但是"西方中心主义"与"文明优越论"的思维依旧根深蒂固,这从一个侧面反映出种族主义至今还在困扰着世界。

在乌克兰危机和因此产生的难民问题的报道中,有些媒体发表了种族主义倾向的言论,如哥伦比亚广播公司的记者在报道中说:"这里不是如伊拉克和阿富汗那样冲突持续十几年的地方,这是相对文明的、相对欧洲的城市。"美国全国广播公司记者在一档节目中说:"这些不是来自叙利亚的难民,他们是基督徒,他们是白人,他们与我们很相似。"这些言论在报道中将难民分为不同等级,严重违反了人道主义、人权主义和新闻专业主义。

在21世纪的今天,在这个"人人平等"成为众人认同的基本底线的时代,很难想象种族歧视依然势头强劲。即使是作为一些国际知名媒体,在面对不同肤色、种族的报道中,依然能在一些话语中察觉到难以忽视的歧视。在有色人种依然被歧视以及白人至上依然被高举的今天,我们不禁要发出感慨,人类的文明,真的比过去更进步了吗?这样的种族歧视话语萦绕在国际媒体话语之中,给当今我们呼吁的"人人平等"的宣言蒙上了一层厚重的阴影。

珍妮弗·埃伯哈特在《偏见》一书的最后提道:"解决偏见不仅仅是个人选择,也是一种社会进程、一种道德立场。每个社会都有作为偏见目标的弱势群体,当我们因为对某些群体错误想象而将他们置于不利的地位时,我们最初的偏见便形成了。在我们完全理解并去质疑、挑战造成这种偏见的差异之前,这些偏见会不断地自我加固。消除差异的第一就是,不要再相信这些差异是不可避免的。"因此,在国际媒体话语透露出歧视的时候,我们不仅需要及时意识到这种偏见,更应该打破这种"偏见已经成为惯例"的借口,不再为偏见找借口,也许是摒弃偏见的必然方法。

★ 知识拓展

约翰·斯道雷,1950 年出生,英国桑德兰大学媒介与文化研究中心负责人,媒介与文化研究领域知名学者。主要研究领域为文化理论与文化史、电影与文化记忆、消费与日常生活等。

《文化理论与大众文化导论》是约翰·斯道雷的代表作,在西方学界产生的影响经久不衰,是公认的媒介与文化研究领域的综述性著作。该书对文化研究这一学科的历史、传统及当下的发展状况进行了深入、细致的分析,广涉文化主义、结构主义、马克思主义、女性主义和后现代主义等诸多社会科学思潮,梳理了国际学界对这一领域的最新研究成果,是文化研究、媒介研究、大众传播学、文艺批评以及新闻学等领域的学者与研究生阅读、参考的重要文献。

《文化理论与大众文化导论》(北京大学出版社 2024 年版)

珍妮弗·埃伯哈特,社会心理学家,斯坦福大学心理学教授。拥有哈佛大学博士学位,并曾获得多个奖项,包括著名的"麦克阿瑟天才奖"。美国国家科学院和艺术与科学院院士,并被《外交政策》杂志提名为全球最领先的 100 名思想家之一。

《偏见》是珍妮弗·埃伯哈特的代表作。在该书中,她认为,人类的大脑在多年的进化中产生了把相似的事物归类的"分类"功能,这种原本为节省认知资源产生的功能却会让我们落入隐性偏见的陷阱。隐性偏见会塑造我们每天的所见、所闻、所感、所记,甚至影响我们的日常行为。这一切是在潜移默化之中进行的,我们很难意识到这种偏见,但是隐性偏见却在社会的各个领域造成了对不同阶级和种族的区分对待,无论是教育、就业、医疗、司法,还是执法领域无一幸免。认识到身而为人的认知局限,我们才能前进一步,缔造更好的世界。

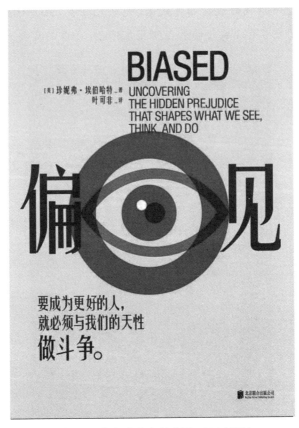

《偏见》(北京联合出版公司 2021 年版)

学生："流动人口"高涨的现实下，"流入"城市的外来人口在迁移后呈现什么样的生活状态？

欧阳霞：流动人口的提出，是因为以前没有所谓的流动人口，而流动人口之所以出现，是由于我们打破过去纯粹的户籍制的限制、纯粹的城乡二分，使得一部分人能够到城市里来工作。一个群体的迁移，他们离开故土，其实是把根拔起来的过程。他们迁徙到另外一个地方以后，又要在那里扎根，扎根的方式大概就是抱团、认同和习俗，用这样一些方式在他乡扎根，又要把他乡变成故乡。

在《流动的家园——"攸县的哥村"社区传播与身份共同体研究》这本书中，深圳石厦村居住了来自湖南攸县的出租车司机。虽然他们在新的城市接触过各式各样的人，但他们与"外人"之间很难形成新的社会网络。这种封闭性并没有因为人口的流动和多种多样的人际交往而打破，反而被持续加深。天然的乡土信任关系加深了抱团现象；更重要的是，城市的新空间里并没有为他们提供扩大交往和信任范围的条件。对于攸县的哥来说，互联网并没有成为他们作为弱者的武器，网络空间的开放性也基本没有改变社群的封闭性。

攸县的哥是身在城市、根在乡村的两栖人，是流动人口。他们在进入城市后，在社会保障、工作待遇、子女教育等方面无法享受城市人同样的待遇。因此，他们有的虽然在城市生活已经长达十几年，但仍处于"被抛在空中"的悬置状态。

★ 知识拓展

《流动的家园——"攸县的哥村"社区传播与身份共同体研究》是中国传播学界第一次对中国流动人口进行社区传播研究的专著。该书将视角第一次探向都市里村庄特有的媒介基础建设，包括传统的以粤文化为底蕴的原村民文化设施、流动人口的人际交往点和以互联网和手机等现代通信技术与新媒体为代表的媒介环境，第一次在传播学研究领域采用"地图法"对石厦村这一流动人口大量聚集的社区进行了一次全方位的社区传播生态（包括传播点、传播者、传播技术和传播行为等）分析，以展示在全球化的网络社会形成过程中，中国的农民工群体以中低端媒介技术工具,按照自己的需求甚至创新,形成了独具特色的媒介化社会关系和传播实践。以此回应国际著名学者曼纽·卡斯特对于不同文化和制度下有可能产生不同网络社会结构、形态的理论假设,对中国传播学和社会学界尚未触及的"什么是中国的信息社会"或者说"什么是中国的网络社会"提供了鲜活的个案和回答。

《流动的家园——"攸县的哥村"社区传播与身份共同体研究》
(社会科学文献出版社 2014 年版)

媒介救赎：新闻业的出路与未来

学生： 面对当下唱衰新闻业的声音，新闻业的未来在哪里？

欧阳霞： 同学们不必太过悲观，而应当保持选择该专业的初心。文本的阅读或许正在被瓦解，但并不代表新闻也随之消亡，它以更加多元的形式延续着生命力，比如从《东方早报》脱胎而来的《澎湃新闻》，仍然继续着自己对新闻专业主义的坚守。媒介形态的更迭必然伴随着业界的阵痛，但也激发了媒体谋求生存和发展的活力。我们总是能看到专业权威的新闻不可取代的生命力，主题重大具有价值的内容永远是新闻存续的根本价值所在，这在疫情防控期间的各类报道中体现得淋漓尽致。印刷机已停，油墨已干，传统媒体就会坐以待毙了吗？新闻传播学子首先应当思考和研究所学专业的当下和未来，而不是人云亦云，急着唱衰媒体。

学生： 为什么说新闻的真实性原则摇摇欲坠？作为新闻学子应该如何安放新闻理想？

欧阳霞： 在读完《做新闻：现实的社会建构》这本媒介社会学的经典著作，从一个新闻从业者的角度，这本书给我最大的感受可能并非"恍然大悟"，而是"备受打击"。新闻的基本原则是客观反映事实，但这本书犀利地告诉我们新闻反映的客观事实是社会规则下的事实。事实上也的确如此，社会结构和制度是通过人与人的互动建立起来的，就一定有主观性，它不是自然天赋的规律，因此新闻永远抵达不了真实。新闻是有选择性的,选择本身就是一种主观评价和偏见。新闻生产者对角度的选择、直接引语的选择、消息源的选择等等,事实上是社会规则、意识形态的反映。因此,我们发现新闻好似一个幻象,如同一个圈套,从业者深陷其中而茫然不知。这也是为什么有很多声音提出新闻真实悬挂在悬崖边上,是一种摇摇欲坠的状态。

但是,《做新闻:现实的社会建构》对新闻理想及专业主义激情作为新闻生产重要力量的忽略,也是一个遗憾。作为新闻从业者、抑或是即将进入这个行业的新闻学子,理应有一种迎难而上的精神。尽管,新闻真相摇摇欲坠,但是新闻人对真相的不懈追求,始终会是悬崖边拉住真相的一根藤蔓。真相永远在路上,作为新闻人要有探寻的勇气,通过文字或者影像,去记录,去传播,构建人与人之间沟通的桥梁,构建人与世界的联系,才能不断地接近真相,触摸到真相。

★ 知识拓展

盖伊·塔克曼,美国社会学家,布兰迪斯大学社会学博士。先后在纽约州立大学石溪分校、纽约城市大学任助理教授、副教授、教授。1990年转任康涅狄格大学任社会学教授,目前为该校荣休教授。代表作有《做新闻:现实的社会建构》。

《做新闻:现实的社会建构》是20世纪70年代异军突起的新闻生产社会学研究中的里程碑作品,也是一代代媒介研究的学者无法绕过的"高峰"。1999年《新闻与大众传播季刊》邀请大量学者评选20世纪最重要的新闻与传播研究著作,《做新闻:现实的社会建构》位列35种经典之一。该书把新闻看作一种框架,塔克曼依据这个框架讨论了新闻工作者的时空安排、新闻生产的基本问题。运用现象学、社会学、社会建构论等理论视角来论证——新闻最终是一种意识形态,是被建构的现实。

《做新闻:现实的社会建构》(中国人民大学出版社 2022 年版)

学生:在新闻业产生与发展过程中,新闻的独立性与客观性之间有怎样的联系?

欧阳霞:"新闻的独立性"是新闻专业主义非常重要的点,新闻独立于政府权力之外,才可能客观公正。从新闻的发展过程来看,新闻的客观性是由商业推动而来的。迈克尔·舒德森在《发掘新闻:美国报业的社会史》一书中清晰地写明了美国新闻业"客观性"理念诞生和发展的历史。在 19 世纪 30 年代之前,客观性的问题并不被新闻界所考虑,新闻只是党派斗争的工具,报纸因此也被称为政党报刊。报纸依靠党派存活,为政党发声。

随后,媒介技术的发展推动了新闻客观性的出现。电报的发明,改变了新闻的传递方式和传播方式。为了节约新闻成本,要求电报发回的信息简洁而包含重要信息,因此诞生了新闻导语和拉斯韦尔模式。电报发明后,与它相对的媒介机构"通讯社"也诞生,通讯社给各大媒体供稿,而媒体拿到稿件后,会根据自己的市场定位进行选择性刊登,甚至删改。19 世纪的后半期,即美联社成长壮大的时期,并不是客观报道成为新闻业规范的时期,反而是黄色新闻泛滥的时期。

直到 20 世纪 60 年代,客观性才作为一种象征和原则被大部分新闻从业者所承认。在这一时期,报纸的商业革命悄然开始了。变革首先体现在价格方面,报纸普遍售价 1 便士,也因此被统称为便士报。报纸降低售价,扩大报纸的发行量,并在报纸中增加广告,让报纸不依靠订报费和政府费经营。为了取得更多的市场,广告更多地向贴近民众生活的方向发展,用于呈现民众的生活需求。这种经营模式,让报纸经济独立,经济独立带来了政治立场上的独立,大部分便士报都宣称不受政党影响。在便士报的发展过程中,新闻逐渐演变成一种市场化的产品。

★ 知识拓展

迈克尔·舒德森,美国新闻史、媒介社会学者。2006 年以来任教于美国哥伦比亚大学新闻学院,同时兼任哥大社会学教授。著有《发掘新闻:美国报业的社会史》《广告:不舒服的劝服》等。

《发掘新闻:美国报业的社会史》按照从客观性的缘起到新闻职业化、专业化对于客观性的影响以及最后的客观性未来的发展的脉络进行书写,将新闻客观与社会背景结合起来,将客观性当作一种文化现象加以考察,试图找到对于新闻从业者以及新闻界来说实现客观性的多重因素。作者跳出传统新闻史研究

《发掘新闻:美国报业的社会史》(北京文学出版社 2009 年版)

拘于描述性或阐述性的窠臼,开创了美国新闻史研究的社会科学流派。

学生：您如何看待"新闻无学"这一观点？新闻学界和业界应如何面对当下此起彼伏的质疑？

欧阳霞：新闻学研究在我国起步较晚，1918年北京大学建立新闻学研究会，自此开始了新闻学研究。徐宝璜的《新闻学》，是中国新闻学理论研究的开山之作；邵飘萍的《实际应用新闻学》是新闻实务研究的开山之作。新闻学研究包括史、论、实务三部分，每一部分都有各自的规律和学问。即使认为最"无学"的新闻实务，不管是采写编评，还是经营管理等都大有学问，而且对研究者的要求更高。实务研究者不仅要有深厚的理论创造力，还必须有新闻实践经历，才有可能发现问题、研究问题、解决问题。《严肃对待新闻：新闻研究的新学术视野》这本书中就提到了新闻未能得到严肃对待的现实，比如新闻学研究地位低微，新闻学界与新闻业界的割裂。"新闻无学"几乎成为学界和业界的共识。

新闻学界和新闻业界的割裂，使得新闻学界和业界很难成为一个共同体。实际上新闻业界和学界应该成为共同体，以共同面对社会公共事件、面对舆论难关，相互扶持，相互滋养，推动学界和业界的共同发展。

★ **知识拓展**

芭比·泽利泽，美国宾夕法尼亚大学安纳伯格传播学院讲席教授兼媒体风险中心主任。作为一名记者，泽利泽以研究新闻、文化、记忆和图像而闻名。其评论作品刊登在《国家报》《新闻一小时》等知名刊物。撰写与编辑了多部著作，《严肃对待新闻：新闻研究的新学术视野》是其代表作之一。

《严肃对待新闻：新闻研究的新学术视野》准确地传达了芭比·泽利泽对新闻的担忧与关切。她认为新闻没有得到严肃的对待。首先，新闻在文化领域始终地位低微。20世纪20年代欧内斯特·海明威在《堪萨斯城市星报》做记者时，他的作品被斥为"只是新闻"。但是当他把同样的素材改编成虚构作品时，则被欢呼为文学，其中某些部分在全世界一直占据着文学经典的地位。其次，新闻从业者和新闻学者之间割裂。学术界内部各自为战，当代新闻研究不仅将新闻学者彼此割裂，而且他们与学术界的其他部分也割裂开来。

《严肃对待新闻：新闻研究的新学术视野》（中国人民大学出版社 2022 年版）

学生：如何看待不同场域中新闻业独立性与客观性的触碰和摩擦？

欧阳霞：新闻业转向便士报时代所体现出来的客观性，其实并不是出于新闻的崇高理想，而是报业想要获取更多利益。坚持客观性才有可能争取不同党派、不同立场的读者。这种客观性发展到了麦卡锡主义时代，遭到了大众的唾弃，媒体只担任着"传声筒"的角色，必然被人利用。因此，新闻业又开始转向对于新闻的挖掘和解释阶段，也就是深度报道。经济场域的影响在新闻业的转型中发挥着不可忽视的作用。

《图绘新闻场域：过去、现在与未来》这本书点明了新闻专业主义的两个核心要素——客观性和独立性，作者尤其对独立性进行了深入解剖。但"场域"理论的引入恰恰说明了新闻业几乎不可能独立。

★ 知识拓展

戴维·莱夫,美国得克萨斯大学—奥斯汀分校新闻与传媒学院院长、教授,美国政治传播领域的重要学者,主要研究政治传播、新闻史及新闻社会学等。其博士生导师是著名的媒介研究学者迈克尔·舒德森和丹尼尔·哈林。著作有《文化中的总统:总统传播的意义》《新闻业还能生存吗?走进美国新闻编辑室》《图绘新闻场域:过去、现在与未来》等。

《图绘新闻场域:过去、现在与未来》讲述了一个关于新闻的故事。回答了新闻如何嵌入公共生活,并与之发生关联;新闻与公共生活之间的关系会对新闻业自身的发展产生怎样深刻的影响等重要问题。同时,这个故事还呈现了现实中的新闻实践如何在各种力量的相互作用下发生并展开,进一步讨论了新闻业应当怎样做以获得想象力,并由此更好地服务公共生活。

《图绘新闻场域:过去、现在与未来》(中国传媒大学出版社 2022 年版)

学生：我们该以怎样的线索认识新闻生产和发展历史？

欧阳霞：我们要以更宏观的视角来看新闻发展，迈克尔·舒德森的《发掘新闻：美国报业的社会史》这本书以社会学视角研究新闻事业变迁史，将新闻研究融入社会体系之中，这帮助我们更好地理解新闻发展史、社会史和政治史。新闻史发展分为三个阶段：党派新闻阶段、客观新闻阶段和调查新闻阶段。党派新闻时期新闻与宣传界限模糊，新闻的倾向性突出；后来媒体意识到新闻要为公众说话，就到了客观新闻时代，《发掘新闻：美国报业的社会史》这本书就是研究客观主义的代表之作；接着媒体又发现新闻不仅要告诉公众发生了什么，还要告诉受众为什么发生，致使调查新闻的出现。新闻学和传播学研究视角有所不同，如果从《新闻：幻象的政治》中讲到的个人化、碎片化、戏剧化、权威－失序，这四种倾向性的角度去研究新闻生产可能会有新的发现。

★ 知识拓展

W.兰斯·班尼特，美国耶鲁大学政治学博士，华盛顿大学传播学教授和政治学教授，华盛顿大学"传播与公民参与中心"的创始人和负责人。他的研究涉及媒体—政府关系如何影响公共信息和市民文化等。著作有《政治心理与政治环境民意与政治意识的考察》《美国政治中的公众舆论》《法庭中的现实建构：美国文化中的正义与审判》《新闻：幻象的政治》等。

《新闻：幻象的政治》在1983年首版时就成为政治传播研究的里程碑作品。在每一版中，班尼特都把自己以及其他学者关于政治传播最新的研究成果融入书中。班尼特对于材料的论述也遵循实事求是的原则——新闻与政治的互动是复杂、混乱、充满惊奇和矛盾的。书中穿插了大量简洁的案例研究，并且每一版都会更新，这说明，班尼特的描述和分析是建立在真实世界的事件基础上的，而不是意识形态上的哲学推理。作者的结论是扎实的，但从来不是教条主义的。作为一个国家政治信息体系的核心，新闻如何发挥好为民主服务的功能？为了探讨这个重要问题，该书从两方面进行了审视：政治人物如何设法让自己想要传达的讯息成为新闻；记者和媒体如何报道新闻。新闻消费与生产方面发生的

重大变化是新闻业新旧时代交替的推动者,在第九版,班尼特讨论、分析了这些
变化。

《新闻:幻象的政治》(中国人民大学出版社 2018 年版)

学生:文字中的历史就是真实的历史吗? 哪种媒介可以更好地保持记忆?

欧阳霞:文字是一种古老的媒介,是一种可以超越时空,脱离身体、地点的
永生媒介,它的超越性、永生性使其突破了图像、身体、地点的局限,成为记忆最
有力的媒介。但由于使用文字的记录者所具有的主观意图,从而使文字与其所
指称物之间出现差异,表现出非真实性。比如历史是由胜利者书写的,反映出
胜利者的话语霸权,或者说是强行的集体记忆。因此,我们会怀疑文字中的历

史是否是真实的历史。媒体作为媒介的一种，有时候媒体的记忆可能是更为可靠的历史，基于新闻专业主义的约束，使得新闻的记录有时候比历史的记载更具有真实性，更值得信赖。而身体作为媒介，对于个体来说有时候会很可靠，也是比较重要的阻碍遗忘的媒介，而且身体对于记忆的解释力也非常强。

爱的教育：性别关系与女性主义

学生：女性被歧视被压迫的社会原因是什么？

欧阳霞：当一个社会压迫其中一个群体，我们首先应该思考的是这个社会出了怎样的结构性问题。

我们会注意到一个普遍的社会现象就是"同情男性施害者"，那些有权有势的男性在伤害女性之后，常常是男性施害者比女性受害者获得更多的同情。这种荒谬的现象背后是系统性的不公正。如果女性奋起反抗，争取自己的权利，往往会受到系统性不公正的待遇：比如一些性侵起诉会因为缺乏证据而被认为是浪费公共资源，扰乱司法体系。而男性施害者往往会得到过多不恰当的同情和帮助。

写过《论人类不平等的起源和基础》的卢梭竟然也说："女人所接受的全部教育应该与男人相关，女人生来是向男人让步的，并且是忍受不公正的。"女性奋斗至今，仍然作为"他者"被建构，女性的愤怒、不安、恐惧正是来自得不到公平和自由。

学生：为什么波伏娃说："女性不是天生的，而是被塑造出来的。"

欧阳霞：在男权社会里，男性不仅是统治者，而且还规定观念和思维，男性在统治女性、在定义女性。久而久之，做贤妻良母就被规定为女性的天然义务，而无私奉献、听话顺从、柔弱胆小被定义为女性的天性。

所以现代女性主义理论的先驱波伏娃说："女性不是天生的，而是被塑造出来的。"

从中国传统文化看,周礼和儒学对女性人格的压抑以及对贞操观的重视,让女性承受了这套价值体系带来的附加伤害。

从西方宗教对人的起源来看,上帝创造人,夏娃是由亚当的肋骨而来,可见女人的从属性与依附性是与生俱来的。夏娃偷食了禁果,就被惩罚经受生育之苦。所以从西方宗教根源看,男女不平等带有天意的因素,所以女性的弱势是天经地义的。德国哲学家叔本华将自己的智慧奉献给了全人类,但在他的著作《人生的智慧》的第一篇论女人中,他透露出了极大的厌女情绪。他认为女人幼稚轻佻,没有理性思维,是成人与儿童之间的产物等等,这些思想的根源在哪里呢?

从哲学传统、中国文化传统和西方宗教源头对女性身份的阐释,我们难免感到争取女性的平等和自由是一件极为艰难的事情。但女性主义学术研究和女性主义运动从没有停止过对女性的救赎。

学生:为什么一定要追求性别平等呢?

欧阳霞:原因很简单,就像有一些奴隶不愿意做奴隶一样,有一些女人不愿意忍受与男人不平等的关系。因此,出现了对传统社会性别观念和男权制的批判,以勇敢面对女性曾经、正在、即将遭受的系统性的暴力和压迫。

在父权传统下,为女性发声可能会被误解、被攻击,但发声是一种责任。就像日本女性学家上野千鹤子所说:"如果没有人扔石头,平静的水面就不会翻起波浪。只要翻起了波浪,被影响到的人就可以在各自擅长的领域把它传播下去。"

女性主义运动是超越国家遍及全世界的人类历史上最伟大的运动之一。

波伏娃的著作《第二性》曾经对女性主义运动起到了推波助澜的作用。在这部著作中,波伏娃用大量哲学、心理学、人类学、历史、文学及轶事材料证明:女性自由的障碍不是来自她们的生理条件所致,而是政治和法律的限制所造成的。她最广为人知的观点就是：一个人并非生下来就是女人，而是变成女人的。

说到女性主义运动，不仅是狭隘的"结婚与不结婚""生育与不生育""男性与女性"之间的对决，而是一种女性可以自己选择"自由"的权利。

学生：有些女性主义、女权运动是否也存在问题呢？

欧阳霞：有史以来，女性是为自己争取平等、自由的主要群体，她们承担起了让女性在公共空间被看见、可言说的重要责任。然而从历史来看，很多女性又走不出群体无意识，甚至遵从文化陈规和男性霸权意识形态，反倒成为女性解放的阻碍力量。

女性主义目标在消除性别歧视，为女性谋求与男性平等的社会地位和权利。这才是女权的正当性。而不是在气势上压倒男性、凌驾于男性。那种必须高于男性的思维，本质上还是父权制思维，是极端的女权主义，这实际已经站到了女权的反面。比如，有些女权主义者认为不婚不育的女性比已婚生育的女性更独立；认为女性要想真正"独立"，就必须完全摆脱男人、摆脱家庭，甚至摆脱社会才能做到。比如，如果谁指出女性的弱点，就指责谁是男权是不平等。这都是极端女权的表现。

极端女权思想往往不是追求平等而是追求另一种不平等，也就是女性至上。

真正的女性主义是在保护每个人坦荡做自己的权利，也不恐惧自己内心的软弱。像上野千鹤子在《从零开始的女性主义》这本书中所说的："女性主义绝不是弱者试图变为强者的思想。女性主义是追求弱者也能得到尊重的思想。"

李银河在《女性主义》这本书中说：女性主义、女权运动从长期目标来看，应当从争取两性的和谐发展，到争取性别界限的模糊化，最终使性别作为一个社会分层因素变得越来越不重要，使所有人的个性得到充分的发展和实现，从而实现男女两性的真正平等，让每一个人都不会为自己的性别而感到任何一点压抑。

学生：如何看待"为爱情结婚的人，必定生活于悲哀之中"这一观点？

欧阳霞：因为爱而结婚无论怎样都是幸福的。之所以有这种观点，是因为如果婚姻的全部动力在于爱情，那么我们对婚姻的期待就会很高，希望爱情永远伴随婚姻。可是爱情实际上是一种难以持久的感情，所以说以爱情为长久期待的婚姻必然伴随失望。相对来说，如果婚姻中有更多功利性的因素制约，比如儿女、财产、陪伴、互助，婚姻的状态反而会比较稳定，而对爱情的追求会让婚姻相对脆弱。

"为爱情而结婚的婚姻往往是悲哀的"这个观点虽然有一定道理，但我仍然认为爱情无论多么短暂，都要相信爱情，信仰爱情，要因为爱情才去结婚。但这似乎又是理想主义者的乌托邦，因为爱情比亲情、友情等其他感情更为复杂和难得，甚至可以说在这个世界上，爱情其实是很罕见的，除非你把友情、亲情、激情等误认为爱情。当然每个人对爱情的定义也不同。

学生：女性主义究竟是什么？我们如何去正视女性主义所传递的思想？

欧阳霞：我们讨论女性主义，更多要思考对女性权益的维护。如面对招聘时只招聘男性时的不平等，我们就需要追求平等的机会和权利，这才是女权的正当性。而那种必须高于男性的思维，是极端的女权主义，而非女性主义追求的平等自由。

如果从宗教根源分析男女不平等存在的原因，那种带有天意的因素，使信仰者相信女性的弱势天经地义。在《女性主义》这本书中也提到《圣经》及各类宗教。比如，夏娃偷食禁果，惩罚其经受生育之痛苦。从宗教对人之起源来看，信仰者会无条件"信"，不做是非价值判断。我认为西方哲学中对女性的歧视很大程度上来自于对宗教的信仰。

从哲学传统和西方宗教源头对女性身份的阐释，我们难免感到无奈，并觉得无可作为。但我们仍然看到女性主义学术研究和女权运动对女性的救赎，同时我们也不可忽略文学对女性独立、自由、平等的推动的强大力量。比如《红楼梦》就借贾宝玉的视角高度赞美女性之美。不仅展现了女性的美好,更体现了女性的觉醒。

★ 知识拓展

《女性主义》是李银河40多年女性主义研究精华,作品兼具学术性和可读性,是中国女性主义研究的代表性作品。女性主义的理论千头万绪,归根结底就是一句话:在全人类实现男女平等。李银河在《女性主义》中,对女性主义理论、女性主义运动、女性主义流派、女性主义论争和女性主义之后的思潮进行了条分缕析的梳理。如果想要了解女性主义却不知道从何着手,这本书可以帮助读者建构一个坚实的理论框架。

《女性主义》(江苏凤凰文艺出版社 2021 年版)

学生:如何看待《给一个未出生孩子的信》这本书中"生育就是将女人作为工具,就是对女性自由的取消"这一观点?

欧阳霞:女生如果认为"生育就是将女人作为工具,就是对女性自由的取消",这是不可取的偏颇的所谓"女权主义",也绝不是奥莉娅娜·法拉奇在《给一个未出生孩子的信》这本书中传递的思想。

法拉奇作为 20 世纪最杰出的女性之一,在《风云人物采访记》中笔风尖锐、犀利,以一个优秀记者的视角,咄咄逼人地探究 20 世纪 70 年代活跃在国际政治舞台的风云人物。而在《给一个未出生孩子的信》中她以最柔软的视角,表达一个母亲的温情、缠绵和忧伤,却依旧保持了法拉奇式的深度思考和神秘莫测。她借由对未出生孩子的诉说,深刻表达了对自由、平等、生死、爱情、婚姻等问题的思考。书中她始终以质疑批判精神揭示专制暴政、贫富差距、男女不平等重大问题。她希望她的孩子能够成为一个对弱者同情、对傲慢者轻蔑、对所爱之人宽容的人。

★ 知识拓展

奥莉娅娜·法拉奇,意大利记者、作家。她采访过许多政治家和名人,例如邓小平、基辛格、穆罕默德·礼萨·巴列维等。代表作有《给一个未出生孩子的信》《风云人物采访记》。

《给一个未出生孩子的信》是 20 世纪"最强悍"女性——法拉奇的柔软之作,在很大程度上也是她的半自传小说。这是一个未婚母亲对腹中胎儿倾诉的一段缠绵心曲。她没有具体的面孔、名字和年龄,但是也许今天的每一位女性都会从她身上辨认出自己,至

《给一个未出生孩子的信》(九州出版社 2020 年版)

少是部分的自己。书中同时涉及对人类生与死、爱与恨的深刻怀疑与痛苦思索。

学生:为什么男性与女性对爱情的理解不同呢?

欧阳霞:男性由于生理特点决定,他们在爱情中很难完全达到专一痴情、信守承诺等女性所期待的品质。而女性的生理特点就会决定她会对后代负责,她的责任心、奉献精神要强于男性。这种性别的差异也决定了女性比男性更懂得爱情,也更理解:爱,为什么痛。

《爱,为什么痛?》这本书对我们的意义在于,可以帮助大家更好地去思考、解决自身的问题以及了解更多的关于研究爱情的方法。实际上对于爱情、婚姻、信仰等等,哲学、社会学、文学、心理学,包括传播学等许多学科都在探讨。

★ 知识拓展

伊娃·易洛斯,法国社会学家,希伯来大学理性研究中心研究员。著作有《冷亲密》《资本主义的爱与文化碰撞》《痛苦的魅力》等,其中《痛苦的魅力》获美国社会学联盟最佳图书奖。

《爱,为什么痛?》是作者围绕"爱与痛"的主题,采访了数百人,收集、整理、分析他们的爱情故事后创作而成,是一部极富洞见的社会学力作。同时,该书侧重从社会学语境出发,详尽解析爱痛相随的原因,因此我们也可以把该书当作一份关于爱情的社会学报告。

《爱,为什么痛?》(华东师范大学出版社 2015 年版)

学生:如何看待"男女不平等"这一观点?

欧阳霞:这要看大的制度化、文化性下的女性地位、生存等的不平等,而不是着眼表象、琐碎小事。就像同学们热烈讨论的女性承担更多家务,男性"爹味归训"等等,这些现象可能更多是出于爱、性格等因素,而非不平等表象。叔本华在谈论女性的时候,完全是男权视角,应该批判。但他说男女生理结构不同,使得女性有局限性,这一点我认同。比如承认生理特征下女性情绪弱点、体力弱点等,男性也有自己的弱点。性别差异和性别弱点真实存在。如果说谁指出女性弱点谁就是男权主义,就是不平等,那么,只能说明女性太不自信。女性主义运动要争取的是平等权利和地位,但是极端女权运动往往不是追求平等而是追求另一种不平等,也就是女性至上。女权主义的强势受到传统文化、社会中女性地位面临的不平等、女性生理性别特点等多种因素的催化,部分极端女权主义者和极端民族主义者一样,源自视野的狭隘、信念的脆弱和不自信,这使得极端女权主义者陷入先入为主的偏见。

知识边界：阅读与思考的价值

学生：如何看待哲理性文学作品蕴含的价值和意义？

欧阳霞：哲理性文学作品是一种强有力的表达形式，对人类灾难、对历史重大事件的记录和思考并不亚于学术论著。比如阿尔贝·加缪的《鼠疫》，对灾难的书写会成为一种象征或一种隐喻，不会仅仅停留于灾难本身，会由此思考灾难中的"人"和"人性"。人类在面临鼠疫、战争或者其他灾难的时候，通常会在战胜灾难的过程中建立超越国家、种族、信仰的合作共识和情感依赖。同时像伏尔泰通过战争反思英雄主义一样，"英雄观"也成为《鼠疫》反思的目标，英雄是什么？谁是真正的英雄？在关于灾难的文本中，很多思想者会由此思考英雄主义、爱国主义、世界主义、和平和真理，这是一条思想脉络。另外，作为新闻传播专业的学生，试图从专业视角去解读文学作品固然好，但不能仅仅局限于新闻传播视角生搬硬套，还是要从更开阔的视野去理解文学作品蕴含的价值与意义。

★ 知识拓展

阿尔贝·加缪，法国小说家、散文家和剧作家。1957年因"热情而冷静地阐明了当代向人类良知提出的种种问题"而获诺贝尔文学奖。《鼠疫》是其代表作之一。

加缪在他的小说、戏剧、随笔和论著中深刻地揭示出人在异己的世界中的孤独、个人与自身的日益异化，以及罪恶和死亡的不可避免，但他在揭示出世界的荒诞的同时却并不绝望和颓丧，他主张要在荒诞中奋起反抗，在绝望中坚持真理和正义，他为世人指出了一条基督教和马克思主义以外的自由人道主义道路。他直面惨淡人生的勇气，他"知其不可而为之"的大无畏精神使他在第二次世界大战之后不仅在法国,而且在欧洲并最终在全世界成为一代人的精神导师。

《鼠疫》(上海译文出版社 2013 年版)

学生:我们应该如何读书? 什么是好的读书方法?

欧阳霞:书要"慢读",研读细节,关注观念和观念间的逻辑联系和矛盾冲突,感悟思想和思想者的喜怒哀乐,比如你了解了克尔凯郭尔的抑郁、孤独、绝望、苦难,你才能真正了解他的存在主义哲学。我认为读书的最终目的是产生自己的思想而不是背诵他人的理论,学术思想给予我们的不仅仅是对研究的启示,还有对人生乃至生命的启示。

人的时间和精力有限,要读能让自己精神有所成长的书,可以广泛涉猎经典名著,经典名著几乎探索了世界上所有问题的广度和深度,让世界"已无新鲜事",阅读经典是一个人懂得谦卑,获得理解力和智识的道路。当然阅读不甚经典的书时,若能激起某种疑问、反思、争议,引发我们更为积极自信的思考,亦是读书的意义。

学生：您怎样评价《青年变革者：梁启超（1873—1898）》的历史写作？

欧阳霞：《青年变革者：梁启超（1873—1898）》这本书是很有难度的写作，作者要在梳理错综复杂的史实和宏大的历史里最终抵达个体的"人"；这也是很有魅力的写作，它需要作者有共情能力，有与历史人物穿越时空的对话能力。《青年变革者：梁启超（1873—1898）》的作者许知远事实上有着非凡的与所写人物的沟通能力。许知远和梁启超都曾经是报人，虽然相隔历史的岁月，但将报刊当成传播政治观念和社会观念的工具，启蒙民众、引导舆论，推动社会进步，成为他们的共同选择。

梁启超是维新变法的主要推动人之一，是中国第一代报人，是中国现代思想的奠基者。作者许知远以广阔的历史视野，经由梁启超对沧桑巨变的世界进行描述和解释。关于梁启超的传记并不多，又大多为对梁启超思想研究的思想史，而这本书是一部关于梁启超的生命史，就是将梁启超还原成一个活生生的人，他是伟大的思想家、变革者，他也是儿子、丈夫、朋友，他也有自己的软弱和惊慌。

当然也有一点遗憾，有着优雅叙事文风、全球视野的许知远在这本书中的一些文字表达确实有点生涩，可是他完全有能力不"生涩"。这本书的价值，还需要我们在时间的长河里去观察。

★ 知识拓展

《青年变革者：梁启超（1873—1898）》是许知远积淀多年的转型之作。梁启超生逢变革时代，他是近代转型的积极参与者，同时又是中国现代思想学术的拓荒者和奠基人。许知远试图将这位伟大人物的思想与性格、希望与挫败，内心挣扎及与同代人的争辩呈现给读者。在搜集、阅读海量史料和研究著作的同时，许知远追寻梁启超的足迹，到其出生地新会、求学地广州，及北京、上海、日本横滨等多地探访历史现场，寻求历史与现实之间隐秘而有韧性的关联，借此展现几代人的焦灼与渴望、勇气与怯懦。

《青年变革者：梁启超（1873—1898）》述及梁启超求学、进京赶考、师从康有为、结集同道、上书清帝、办刊《时务报》，及至戊戌政变前夜。许知远以深入历史细部的精准笔法，描摹出时代变局下梁启超饱满立体的个人形象和生动多维的时代群像。文字真实可感,据史而书,扎实精当。该书既是一部具有学理价值的史传,复苏历史中的个人,亦铺展了一幅浩瀚的时代全景。

《青年变革者:梁启超(1873—1898)》(上海人民出版社 2019 年版)

学生:为什么要读人物传记?

欧阳霞:读人物传记的好处是可以从人物的成长经历,分析他的个性、理念、成就以及局限。比如通过《普利策传》,你可以看到普利策个性冲动而易怒,在家道败落后经历磨难,深知底层生活的疾苦,懂得底层生存逻辑。他痛恨腐败,痛恨社会丑恶现象。他最终将报纸变成了揭露社会弊病的战场,他提倡报纸要为大众服务,不为任何政党牟利。普利策不同于李普曼的精英立场,他是跑新闻出身的报人,他的理想是用独立的报纸和开明的政治,治理社会的痼疾,揭露和反对腐败,为底层民众发声。

他有政治野心,也渴望权力,他至死也不愿放弃在自己的报业帝国里至高无上的权力。这也是普利策为什么在双目失明,为躲避噪声而常年飘荡在海上,却身处江湖之远，仍可以指挥《世界报》"庙堂"的原因。

普利策伟大的贡献是在人们只将新闻当成一种技艺的时代，他却固执地在哥伦比亚大学设立新闻学院，将新闻提高到了一个学术性的层次。他创立"普利策新闻奖"，奖励严肃新闻作品，激励优秀新闻人，这可能也是普利策对曾推动黄色新闻大战的一种忏悔。

★ 知识拓展

《普利策传》的传主是出版史上最为重要，也最具争议的人物之一——约瑟夫·普利策。全书讲述了这位匈牙利移民的传奇经历，引人入胜地讲述了他如何从不名一文的联军士兵成长为一名国会议员，最后成为美国两大报业《圣路易斯快邮报》和《纽约世界报》的业主，从而攀上美国新闻业及权力的巅峰。

《普利策传》（中国财经出版社 2004 年版）

学生：为什么我们需要故事来填满我们的生活？文学与情感之间的联结为何神秘而诱人？

欧阳霞：你们正在读的《梁庄十年》，会让我们不由地产生了思乡、少年强说愁滋味等情绪反应。从远到近的故乡山河，活生生的场景，一天天的日子。故乡是白昼的光亮，是晚间的夜色，也是耳畔亲切的声音。实际上，并非所有的读者都有《梁庄十年》里人物的经历，但是这样一本书对人物故事的娓娓道来，通过文字与读者产生了一条通道，书外的人仿若亲历了人物的故事，读者也平添了一种亲身经历中所未有的情绪。

当然，在《梁庄十年》中，我们不仅体验到乡愁，还能感受到作为一个小村庄在时代洪流中改造、衰败、消失所产生的寂寥之感。文学作品的可贵之处就在于，作者通过故事记录社会背景下个体的人的喜怒哀乐、命运变迁，从个人命运折射时代和社会的变迁。个体的生活是相对单调的，但是文学中形形色色的故事是丰富的，阅读故事来填满我们单调的生活，追求的正是我们与多样情绪产生碰撞的过程。在文学与个人情感达成情感共鸣的同时，也是我们关于世界的认识与想象更加具体的过程。

★ 知识拓展

2010年，《中国在梁庄》首次出版，向我们展现了一个急速变化的时代下的中国村庄的变迁。十年之后，作者梁鸿再次回到故乡，重访当年书中记述的人和事，于2020年写成《梁庄十年》。十年当中，一切都在发生改变，又似乎全无变化：一些人永远离开了这里，一些在外漂泊的人重返此地，村庄的面貌、河流和土地都与从前不同。而人事变幻之中，梁庄和梁庄人所透露出的生机和活力却不减当年。此次回归，梁鸿用全新的视角重新审视了自己的家乡，以细腻的描写和敏锐的洞察，将梁庄的人们再次带回我们的视野，并借由对他们生活的追溯，描摹出一个普通村庄绵长而有力的生命线——这生命线既属于那些"生于斯、长于斯、死于斯"的人们，也属于身处同一股时代洪流的人们。

《梁庄十年》（上海三联书店 2021 年版）

学生：如何看待奥地利学派经济学者的观点及价值？

欧阳霞：奥地利学派有一个逆反我们直觉的观点，即经济学的基础是对人性本质的洞察，它是在人性本质这个基础上进行演绎推理的科学。他们认为，研究经济学不需要钻研历史经验，也不需要掌握复杂的数学工具，只需要严谨的演绎推理，逻辑清晰，即可得出所有的经济学原理。了解奥地利学派，就要从开山鼻祖卡尔·门格尔开始，他的《国民经济学原理》由于颠覆了古典经济学的根基，出版后在当时引起巨大争论。

门格尔引入"边际分析"方法，其边际的视角不同于古典经济学家以整体看待商品价值的方法。边际分析法成功地在价值和价格理论之间建立了联系。而门格尔也因此开创了经济学界的边际革命。

希望同学们通过阅读这本书，敲开了解奥地利经济学的大门，进而了解米塞斯、哈耶克的论著。通过人的行动，演绎推理得出边际效用递减规律、需求定理、价格理论、利息理论这些核心理论。在未来的工作生活中,看穿各种似是而非的谎言经济学。掌握预判经济周期的核心指标和方法,做一个擅长冷静思考的明白人。

★ 知识拓展

卡尔·门格尔,现代经济学的奠基人,奥地利学派的开创者。1860 年毕业于维也纳大学。1871 年出版成名作《国民经济学原理》;1882 年出版代表作《经济学方法论探究》;1903 年辞去一切教职,致力于修正和扩展自己原有的经济理论框架。

《国民经济学原理》是经济科学史上"边际主义革命"的中流砥柱之一。第一次系统地叙述了经济学理论的基本概念。门格尔从某一具体事物与人的需求之间的关系说起,逐步厘清了这一事物在什么情况下具备财货属性,什么情况下具有经济财货属性,什么情况下对人有价值,价值大小如何在边际上决定,以及交换价格如何形成等一系列基本问题。可以说,该书奠定了正确理解人的经济行为和价格问题的理论基础。

国民经济学原理

[奥] 卡尔·门格尔 著

上海世纪出版集团

《国民经济学原理》(上海世纪出版集团 2013 年版)

学生:《街角社会》所描绘的移民群体是弱势群体吗？这本书为我们提供了哪些方法论视角？

欧阳霞:《街角社会》所描述的移民群体与弱势群体还有一定差别,弱势群体因其生理或心理某种状态不为主流社会所包容,因而无法立足,但移民群体有着自成的社会体系和生存逻辑,或许他们满足于现有的生活方式,不想融入主流社会。正如该书作者所说,每个人有每个人的活法,不要将自己的活法定义为高尚且正确的,只有通过深入的参与式观察才能感知到这个移民社会的真实面貌。这本书的研究方法与做新闻的方式是一致的,都需要从表象中抓住和提取事实,但社会学需要更进一步的研究并得出结论。无论是做研究还是做新闻,深入群体中才能拥有悲天悯人的情怀。十多年的记者经历给我的最大感触就是,记者这个职业使人清醒,不会妄自尊大亦不会妄自菲薄,作为人生的历练特别有意义。

学生:艺术有统一的标准吗？如果没有,那么统一的艺术教育是否就毫无意义呢？

欧阳霞:艺术不应该被强加其本身之外的其他属性,比如为艺术附加政治属性。对于艺术的政治化的批判从古至今从没有停止过,早在魏晋时代,嵇康就在他的《声无哀乐论》中详细讨论了音乐的本体、本质以及功能的问题,反对两汉以来把音乐简单等同于政治,完全无视音乐的艺术性的现象。主张音乐应该脱离封建政治功利的音乐思想,主张"礼乐刑政"并举的官方音乐思想,而这一思想也构成了中国封建社会音乐美学思想两大潮流的源头。总之,嵇康认为艺术不应被用来推行教化,艺术应当是纯粹的,而不应该有其他附加的属性。

嵇康还认为,音乐其本身的变化以及美与不美,与人的情感和态度毫无关系。也就是说艺术并没有固定的统一的标准,面对同一件艺术品,不同的人会有不同的感知,也会为其赋予不同的意义。

而人们为艺术品赋予的意义,就在一定程度上决定了艺术品货币价值的高低。我们可以类比钻石，钻石本身的价值并不高，也并不稀缺，甚至在实验室里就能制造出来。但由于人们为钻石赋予了"永恒的爱情"的意义，才让钻石的货币价值飙升。

既然艺术并没有统一的标准，那么统一的艺术教育的存在是否就毫无意义呢？答案是否定的。因为艺术教育乃至其他各种形式的教育，并不主要是教给人们某种技能，而是要教会人们思想的方法和思维的方式。

虚实共生：媒介技术与社会

学生："虚拟社区"能否拯救现实的困惑？

欧阳霞："虚拟社区"未必能从根本上拯救"孤独"，爱好、兴趣、价值观相似的人们聚在一起，特别是一些有消极情绪倾向的人聚于"虚拟社区"，在抱团取暖的同时，消极情绪碰撞到一起之后，可能产生更加强大的负情绪力量，孤独的悲观的抑郁的人们可能更难以得到"拯救"。包括在网络上的某些价值取向，比如极端的女权主义者或极端的民族主义者等，当他们更加便捷地聚集到一起，聚集的力量让他们难以产生多元的思维、难以实现不同价值观的碰撞，这都可能致使他们走入更加局限和狭隘的世界。

学生：为什么一些人会担心技术发展，这样的担心怎样才能消除？

欧阳霞：为什么人们会担心技术的发展？一是新技术打破了人们已经习惯的生活方式和思维方式，二是新技术可能会稀释和瓦解过去人与人交往中的内涵和美感。当社会继续向前发展，很多令人困惑的问题又会被抛在历史的长河中，我们可能只是在人类发展的某个阶段困惑于某些问题，过了这一阶段这些问题就不再是问题，这些问题不是由人解决的而是由时间解决的。人类是宇宙间渺小的、短暂的存在，许多时候你的思考只是对生命成长的锻炼，对时空和自然不会产生任何意义。有时候也不必事事都要从理论上，非常艰难地去思考，如果承认人的微小和无力，更轻松感性地观察事物，或许可以发现一些新的视角。

学生：数字化时代技术发展会为民主的发展带来助力吗？

欧阳霞：网络的多元化、去中心化、全球化，为民主的发展打开了政治想象的空间，然而网络是否真正让权力更平等、话语更多元、政治更民主呢？结论并一定很乐观，马修·辛德曼《数字民主的迷思》这本书中的相关论述就打破了人们对技术民主化的美好想象。

我们经常说网络会扩大人际空间和思想空间，但实际情况或许相反，因为网络也会使思维方式、思想方法和价值观相同的人更便捷更迅速地聚集在一个网络社区，排斥多元，加剧偏见。

媒介技术是否能真正推动民主呢？网络与政治的关系比我们想象得更为复杂。网络带来民主的进步是肯定的，但也许没有我们想象得那么简单，我们需要更深刻地了解技术与人、技术与政治关系的复杂性。卡斯特说技术不仅仅是一种工具，是一种媒介，是一种具有其自身含义的社会建构。海德格尔也说我们要重视的问题并不仅仅是对工具的操控，还有不同的技术系统是如何框定人类与事物之间关系的。

所以对技术的理解应该将其置于更广阔的与环境的关联之中。

★ 知识拓展

马修·辛德曼，美国普林斯顿大学政治学博士，乔治·华盛顿大学媒体与公共事务学院教授。他曾在哈佛大学政府系和哈佛大学肯尼迪学院的"数字化政府"国家研究中心做过访问学者，主要研究政治传播，且集中于网络政治传播。

《数字民主的迷思》主要讨论互联网对美国政治的影响，聚焦的是"民主化"这一课题。针对公众对于网络民主的美好想象与过分狂热，它通过对在线竞选、链接结构、流量模式、搜索引擎使用、博客与博主、内容生产的规模经济等主题的深入处理，借助大量数据、图表进行分析，勾勒出互联网政治的种种局限性。尤其表明，网络政治信息仍然为一小群精英与机构所创造和过滤，在网络的每一个层次和领域都仍然遵循着"赢家通吃"模式，体现着"分形"特征。

《数字民主的迷思》（中国政法大学出版社 2015 年版）

学生：如何看待作为"电子器官"的手机对生活的影响？ 人们过度依赖手机会产生哪些后果？ 为何需要警惕技术的入侵？

欧阳霞：当手机嵌入生活的每个细节，最终会影响人深层次的思想观念和行为方式，这是令人担忧的事情。《习以为常：手机传播的社会嵌入》这本书中所说的人们被创造物所驯化、所控制，实际上说的就是技术对人的异化。并且，随着手机更新换代更加智能化，我们可能将会生活在一个越发虚拟的世界里，更可怕的是我们对生活在虚拟世界并无警觉。

身体不在场的遥远对话是对人的感官的延伸，这是科技进步带来的好处，但人们对手机的过度依赖，会致使我们成为手机的奴隶。技术对人的弱化，令人担忧。

手机在给我们带来方便的同时，让我们感受到了前所未有的孤独和焦虑。

人是群居动物,需要彼此在场的交流和情感沟通,如果技术代替了身体在场,人们最终会掉入非真实的人际交往状态。当我们适应了这种虚构现实,不仅会弱化人的社会性,甚至会导致人的感官和生理的改变。

对于技术可能给人类带来的灾难,我们需要反思和警醒。

★ 知识拓展

理查德·塞勒·林,美国学者,新加坡南洋理工大学邵氏基金媒介技术讲座教授,国际传播学会会士,传播学领域排名第一的《计算机中介传播》期刊主编。研究领域涉及新技术的社会影响,尤其是移动传播领域。在社会学、传播学、信息科学等领域的顶级刊物发表大量论文,出版有《新技术、新连接》等数十部著作。

以手机为代表的移动媒介已然成为我们生活中的一部分,它让人们对随时随地的交流习以为常。为什么亲友的手机未能接通时人们会感到不安或愤怒?如何从社会学意义上理解人们对手机的“无法割舍”?这种习以为常对社会个体、家庭和组织生活以及社会结构而言有着怎样的意涵?理查德的这部著作《习以为常:手机传播的社会嵌入》正是对上述问题的回答。

《习以为常:手机传播的社会嵌入》(复旦大学出版社 2020 年版)

学生：依靠社交平台的人际交流会不会稀释人与人之间的温暖与美感？

欧阳霞：社交平台不断实现新的人际交往模式，媒介技术和人之间相互推动，相互挖掘潜力。现实的人际交往进程比较缓慢，而在社交平台人能够更快地借助互联网进行全面性、立体性的自我展现，人在互联网上对于自我的修饰性，可能在与他人的互动中形成更愉快、更具深度的交流，距离感也可能产生交往的可望而不可得的更为复杂的情感。

但与此同时，我们也应该看到，社交平台一方面是人们找寻和构建人际关系或开展心理疗愈的便捷手段，另一方面也会成为破坏现实关系、侵犯用户个人隐私的利器、制造娱乐明星丑闻的发动机，等等。社交媒体所塑造的虚拟空间有时或许会比面对面的交流形式更能揭示人们真实的一面，但有时也可以成为话语狂欢、群体极化等极端互联网行为的展演平台。

因此，凭借社交媒体平台进行的人际交流，某种程度上还停留在"泛朋友"关系的短暂欢愉，所以对于社交平台的沟通，质量远比数量更加令人向往，提升交流沟通的有效性，才能更好地避免社交平台对人与人之间的情感稀释。

学生：人类是不是越来越难以建立亲密关系？

欧阳霞：在一种人群日益拥挤、人情味却越来越冷漠的社会环境中，人们感到孤独，同时却越来越不敢走进与他人发展而成的亲密关系中去（包括恋爱、结婚、共同养育孩子）。日本心理学家冈田尊司在他的《回避型人类》这本书中，把这种表象称为回避型人格。回避型人格的表现就是既不喜欢，也不在意自己与他人之间的情感联系，与任何人都只维持着淡薄关系。这种冷淡的回避型人类和热烈的共情型人类有着截然不同的行为风格与价值观。

而在生物学领域的一项研究发现，信息革命会重组人类的脑神经回路，并完全改变人类的依恋机制。也就是说信息革命有可能会从生理层面削弱现实生活里的人际关系，切断人与人之间的情感交流和亲密联系。这的确是令人感到恐惧的事情，如果信息强大到从生理层面重塑人格，我们将会对"人类越来越不眷恋亲密关系"这件事无能为力。

学生：之所以出现人机恋，是不是因为人与人之间对于爱情所必需的忠诚不再信任？

欧阳霞：人机对话的频繁和不断深入，使人有可能对机器产生人机情感、人机信任，而对真实的人的依恋却会越来越淡薄。

人与人之间的信任指的是对另一个人的仁慈和诚实的信念。当一个人不相信爱情的长久，也不相信爱的承诺的时候。他可能就会降低对他人的期待，不再向外界寻求情感，也不愿意与人直接见面，以文字完成大部分的沟通或者干脆与机器沟通，对机器产生依赖。这样做可以避免暴露自己的真实面貌，特别是避免对人产生依恋，因为对人的依恋很容易受到伤害，会有被欺骗、被抛弃的风险。

那么，人机恋就真的值得信任吗？十年前有一部在上海取景的法国科幻片《她》，影片中的聊天数字人萨曼萨，帮着男主角西奥多修改文案、收发邮件、陪他聊天、玩游戏；西奥多打开手机摄像头，带着萨曼萨旅游，看真实的世界……人机之间产生了炽热的爱情……可是，当西奥多发现萨曼萨同时在和8000多个人聊天，并且和其中的600多人产生了爱情而自己只是其中的一位的时候，西奥多无法理解萨曼萨的不忠诚，痛苦万分。而萨曼萨也无法理解人类爱情的排他性，无法理解西奥多的痛苦所在。

学生：多数人对于"灵魂与灵魂之间能够完成交流""身体不在场的交流能够实现"持不相信或半信半疑的态度。灵魂之间能否完成交流，数字时代身体不在场的交流能够取代在场交流吗？

欧阳霞：大多数人对于"身体不在场的交流能够取代在场交流"恐怕是不相信的，这种不相信，一是因为人类对于身体的依赖、迷恋和不肯放弃；二是因为"灵魂是否真正存在""灵魂到底是什么"对于不信仰宗教的大多数国人是理解和认知上的极大挑战。

以爱情为例,可以进一步说明这个问题。没有身体在场的爱情,也就是完全精神性的爱情是否存在呢?所谓"柏拉图式的爱情"存在吗?其实柏拉图的《会饮篇》中并没有否认身体的爱,只是认为爱情包含性爱并多于性爱,多出来的那部分才是爱情的本质。

约翰·杜翰姆·彼得斯在《对空言说:传播的观念史》一书中认为伦理、性、政治、生命、死亡是机器无法企及和抵达的,因为人的语言不仅用来解释,更与各种行动的可能性联系在一起,也就是说人的语言有时必须与人的行为联系在一起才能完成真正的表达。

有生命力的人能够从知识中获取力量、反思和成长,不是仅仅凭借着精神力量能实现的,更需要有健康的身体器官为基础。没有身体的机器至少在现阶段还难以模仿反思、成长、喜怒哀乐等人类的复杂情绪。事实上机器最难以模仿的不是人的理性,而是人的脆弱。

所以数字时代提供的身体不在场交流的机会,只能作为人类交流方式的一种补充。尽管身体在场的交流需要克服更多的困难,但只有真正身体在场的交流,才能建立人类直接牢固的感情。

很多时候,对于一些已有的研究成果我们要敬重,但不要迷信。真理没有终点,质疑和批判也是寻求真理的途径和力量。

★ 知识拓展

约翰·杜翰姆·彼得斯,美国学者,犹他大学英语系学士;犹太大学语言传播系硕士;斯坦福大学博士,研究方向为传播理论。著有《奇云:媒介即存有》《撒播知识:历史中的信息、图像和真理》《对空言说:传播的观念史》等。

《对空言说:传播的观念史》融合宗教、哲学、社会、历史、文学、政治和媒介技术史为一炉,将传播理论与实践的研究置于上下数千年的大背景中,"充满智慧和令人信服地将媒介研究倒了个个"(迈克尔·舒德森语),既体现了传播学研究的人文取向(文史哲),也以一种通俗大众的表达方式激发了公众对传播的兴趣。该书还为突破美国实证主义传播学研究传统提供了可行的路径——作为撒播的传播而成为传播思想史的奠基之作。

《对空言说:传播的观念史》(上海译文出版社 2017 年版)

学生:为什么说网络技术催生出新的人类代沟? 这种代沟表现在哪些方面?

欧阳霞:网络技术让人与人之间存在代沟甚至表现为大家似乎是不同人类,甚至是不同种类。就像《地理媒介:网络化城市与公共空间的未来》这本书中所说,网络成为建设社会文化、政治、经济、军事等的全新空间,成为社会稳定、经济发展和文化传播的无形力量。

对于网络的原住民,虚拟空间并不会影响他们的真实感受,层出不穷的赛博空间、元宇宙、ChatGPT 等对于他们可能并不会产生太大的冲击。而从无网络时代而来的人们,也就是我们常说的网络移民,对于网络化城市的理解却需要付出巨大的努力。所以可以说网络原住民像是鱼,天生就会游泳,而网络移民是人,要下水学游泳。

网络原住民对网络化不敏感,只缘身在此山中,赛博社交、虚拟陪伴、打破时空局限和身体不在场,同样可以社交。由此,网络技术划分出了网络原住民与网络移民之间显而易见的代沟,这种代沟深刻地体现在数字化生存的方方面面。

这一切也必然会引发很多问题。网络移民的数字化生活往往伴随着磕磕绊绊的追随,他们中的许多人对网络技术所创造的数字世界生活会感到违和与不舒适。而在数字世界如鱼得水的网络原住民,又在这种舒适的网络生活中,逐渐失去了意识到"不舒适"的能力,比如现在有些年轻人表现出在网络上"重拳出击",在现实中"唯唯诺诺"的矛盾行为。虚拟的网络世界提供了一个野蛮自由生长的空间,但也使很多年轻人失去了适应规则社会的能力。

学生:在人工智能时代,媒介、智能技术的巨大力量会产生哪些潜在威胁?

欧阳霞:有一个词叫"数字无意识",就是我们每个人都是大数据,可追溯性的囚徒,但我们感觉不到这一切。还有个词叫"数字孪生体",即数字复制了你,这是很可怕的一件事情。在麦克卢汉时代,他说:"下一个媒介,无论是什么,它都可能是意识的延伸。"它不是对你的辅助,而是你意识的外化、数字化,之后就会有一些更深刻的连接,我们会对此感到恐慌。我们以为我们的秘密、意识、理想和价值观在自己内心深处,而实际上它(人工智能)早已以"数字孪生体"的方式复制了你,它对你了如指掌。

德里克·德克霍夫的《文化的肌肤:半个世纪的技术变革和文化变迁》借用了麦克卢汉的隐喻,来说明技术充当起文化的皮肤,是人类神经系统意识的一种延伸。这里面凸显了科技作为我们精神和身体功能的延伸,以及内在的外化的表现。彼得斯在《对空言说:传播的观念史》中还很乐观,他说:"智能时代的到来,它无论如何都是不能复制触觉和时间。"实际上,他对科技的预料还是保守。彼得斯说:"像伦理、性、政治、生命和死亡,这是机器无法企及的。在人类所有的感觉中,触觉中介的抗拒力量是最强的,它拒绝被转换成媒介,触觉拒绝被记录。"他(彼得斯)低估了技术的力量。现在,德克霍夫就在研究在虚拟空间以"幻肢"来实现触觉的延伸。"人机接口"的高仿真触觉体验,闯进人认知思维的领域,使我们分不清自认肉体和电子躯体的差异。这就是媒介、智能的巨大力量以及给我们带来的恐慌。电影《她》中的仿真恋人很完美。在设计时，她也会被设计出人性的一些弱点，但机器很难模仿人的弱点，比如机器不懂得人的"占有欲"等。人设计了机器，但机器可能控制人、改变人，甚至意识和观念都被（机器）改变，这就是"异化"。但也许人越来越意识不到被机器改变，也就是"数字无意识"。这可能就是我们恐慌、焦虑的地方。

★ 知识拓展

德里克·德克霍夫，加拿大学者，多伦多学派继承人，研究涉及心理技术学、神经文化研究、艺术与传播、教育软件等领域。著作有《文化的肌肤：半个世纪的技术变革和文化变迁》《麦克卢汉经理人手册：新思维的新工具》等。

《文化的肌肤：半个世纪的技术变革和文化变迁》对当下的技术社会问题进行了充分的讨论：透明性、数据统治、新媒介素养，以及日益增强的响应性技术所产生的现实的虚拟化和自我的外化，并增添了对中国及其语言文化的思考。此外，该书梳理了半个世纪以来的技术变革和文化变迁，对人工智能、虚拟空间、神经网络等进行探讨，并预测通信技术、电子媒体、人工智能等对人类社会的终极影响。

《文化的肌肤：半个世纪的技术变革和文化变迁》（中国大百科全书出版社 2020 年版）

学生：身处于后真相时代，我们该如何应对炒作机器的影响？ 我们的出路在哪里？

欧阳霞：如今社交媒体上网暴频频出现，还有炒作机器为我们筑造起来的信息茧房。100 年前的李普曼对民众是持一种悲观的态度，认为民众是愚昧的、无知的，是乌合之众，社会只能由精英主导。美国实用主义代表人物约翰·杜威曾提出反对的观点，虽然大部分的民众是愚昧的，但是他们集合起来就会产生智慧。可是民众结合起来真的就会产生智慧吗？ 即使是完全不同的两个时代，李普曼的一些观点在当下也非常适用，可以说他是很有远见的。现在由金钱、代码、规范、法规相互作用下所形成的炒作机器，让我们产生深深的担忧。人们已经意识不到什么是虚假和真实，人性的局限和弱点在这里暴露得非常清晰，这是非常不合理且极其危险的。那么身处于这样的后真相时代，我们的出路在哪里？ 发挥主观能动性以及制度，我们能不能对这种虚假的东西有某种巨大的惩罚？

我认为大家也不必太过忧虑，回顾新闻史，即使是美国黄色新闻时代，普利策和赫斯特的竞争给新闻界和人们的生活带来了极其恶劣的影响，但是那个时代很快就过去了。就像《炒作机器：社交时代的群体盲区》这本书中说的：通往一个更光明的社交时代的道路就在我们脚下。事实上有些事情是需要交给时间的，即使现在出现了很多问题，但是总体还是在进步的，我们不可能倒回到过去。

★ 知识拓展

锡南·阿拉尔，美国数据科学家、企业家，英国艾伦·图灵数据科学研究所、英国国家数据科学研究所顾问委员会成员。曾联合创办风险投资基金 Manifest Capital，并与脸书、推特、微软等企业密切合作。现任麻省理工学院社会分析实验室负责人。在社交网络与传播领域探索 20 余年，专注于研究资讯如何透过社交媒体扩散，影响市场与消费者行为。

在《炒作机器:社交时代的群体盲区》这本书中,作者提出了"炒作机器"的概念:社交网络、机器智能和智能手机三位一体,构成一个全球性的信息交流网络,操纵我们的选择,改变原有的世界运行规则,重塑人们的思想、观点和行为。那么,当真相被操纵、扭曲,当群体智慧走向群体疯狂,当社交媒体变成炒作机器,我们该如何思考。

《炒作机器:社交时代的群体盲区》(中信出版社 2022 年版)

人是社会性动物。在不同的研究语境中,学者们纷纷发出人类历史就是经济史、政治史、战争史或文化史的断言,而在该书作者看来,人类历史抑或是"社交史"。过去十几年间,社交媒体的出现让我们的生活发生翻天覆地的变化。虚假新闻比真相传播更快;"10 万 +""带节奏",泛滥的信息妨碍人们独立思考;推荐算法、网红营销不断升级,改变每一个人购物、投票甚至交友择偶的方式。社交媒体作为"社交史"上一个浓墨重彩的发展阶段,其影响不仅是"共创或众包"的"群体智慧",亦会带来"Fake News"的"现实终结"与"群体智慧"的衰落,在社交媒体的"炒作"下,群体的智慧反而会变成"群体疯狂"。

学生：数字化时代如何缓解不断加速的生活？

欧阳霞："缓解"这个词本身就反映了当下人们内心的焦虑，那种对加速社会追赶的疲惫感，反映在生活、学习、就业的全过程，而往往"欲速则不达"的结果让人们更加焦灼不安。

数字化时代，我们超负荷地接收了很多的信息，追赶了很多时间，然而我们人生的指向就是幸福的吗？可能不一定，甚至我们觉得这种不幸福就是一种常态。你们总会问："同龄人过得比我好，我要不要追"，对于这个问题美国政治理论家汉娜•阿伦特早就做出过回答。阿伦特说："一个人的个性和天赋是将个体同他人区分开来的独特性。这些特质使他不再只是来到世上的一个陌生人，而是成为这世上从未有过的那么一个人。"

在这个加速的时代，人们不知道也不相信"慢"所生长出来的美对人的教化力量。曾国藩说："事缓则圆，人缓则安，语迟则贵。"这样的人生哲理是符合自然规律的。你看自然界的花草、树木，从播种、发芽到成长，是一定要经历一个过程的。大自然的规律告诉我们，事物的发展与成长不可能从起点直接抵达终点，在"慢"的过程中才能够成就生命和美。所以在数字化时代缓解不断加速的生活，就要建立一个与大自然相通的价值观、人生观，要更深刻地理解这个世界，理解生命的成长，理解自然界的一切，找到这种规律，然后顺其自然，把眼光放长远，在时间的长河里判断一切。

不知道两朵浪花分别后

还有多少相聚的可能

如果有一天

你失去了我的音讯

请你不要忘记

关于我的一切

送君不觉有离伤

——寄语新闻与传播学系 2022 届毕业生

风动草动，花开花落，你们身着毕业长袍，正穿梭在校园里，行走在阳光下。这些带着收获和离别的日子，并不寻常。你们在持续不断的新冠疫情中度过了几乎整个大学时代，疫情以不可预知的方式打破了学习和生活的确定性，也前所未有地考验着我们对灾难的承受力和对世界的理解力。

疫情将我们卷入一个更为复杂的现实和未来，它像一面镜子，照见自己，照见众生。怎样才能让我们更有勇气？怎样才能让弱势群体活得更有尊严？怎样才能让无力者有力，让悲观者前行？在毕业作品中，你们不断提问，不断探索，不断回答，保持悲天悯人的痛感，坚守不同凡响的新闻理想。那一刻，你们紧紧拥抱了记者职业，心灵的光辉和智慧的丰富，让你们熠熠生辉。

也许，你们从此将坚定地走向新闻道路，也可能就此与投注了青春的新闻传播诀别。出了校园，你们便如一滴水汇入大海，一棵树隐入森林，但我相信，我们还是会找到你们，因为你们身上携带着一所大学、一个学科、一种文化赋予的相同精神气质，这就是我们终将相逢的路标和密码。

今年，中国海洋大学新闻与传播学系走过 20 年，我们风雨同舟，荣辱与共，看她从清浅绿荫长成一树繁华。师哥师姐们正在以纪念文章将你们领进过往的岁月，优美而深情。那些闪闪发光的青春岁月里，有热爱、有智慧、有未来。走了这么久，他们褪去了花的灿烂和悸动，成就了另一种饱满和安静。然而人近中年的他们，心性依然单纯热情，天真通透，与你们别无二致，"人生代代无穷已，江月年年望相似。"始终保有内心的柔软天真和自由通透，是一种能力，更是一种勇气。我在许许多多新闻系毕业生身上依然能够清晰地看到这些珍宝一样的品质，无论他们经历了怎样的风华绝代，遭遇了怎样的人间悲苦，都没有将善良和天真变成永远回不去的故乡。

新闻与传播学系 2022 届本科毕业生与老师（中）合影

走出校园，你们将开启全新的世界，这个世界少了学校的温情，没有了老师的陪伴，要你们自己去面对。不要惊慌，不要恐惧，你们总要学会自己慢慢长大。面对复杂的现实，不要急于做价值判断；对世事，要持有理性和建设性；对人性，多一些理解和担待；对自己不要过于苛求，"我与我周旋久，宁做我"，每一个生命都有不同的自我成全的方式，这也是人生的迷人之处。不拒本心，是谓自在。

新闻与传播学系 2022 届硕士毕业生与老师（左一）合影

"青山一道同云雨，明月何曾是两乡。"愿理想的彼岸轻舟抵达，愿美好的未来值得你们全力以赴，愿你们被世界温柔以待。

2022 年 6 月 13 日

但见长江送流水

——寄语新闻与传播学系 2021 届毕业生

过不了多久，那些开花的树就要果实缀满枝头。结出果是每一朵花的理想和目的。"江流宛转绕芳甸"，看着你们像花儿一样灿然绽放，看着你们慢慢结成一树果，饱满而安静地走向更加圆满的另一种生命状态。要走的路刚刚展开，全都是前所未有，全都是路途迢迢，然而，你们即将踏出的每一步都确定会带着大学的痕迹。

陪伴你们走过四年、三年、七年，我们彼此给予，教学相长。课堂上你们眼眸清澈，思想锐利，你们在毕业作品中表现出的专业意识和能力，超越了课堂所传授。比起你们的优秀，我们所有的其他一切都不值一提。每一年招生季，你们认真地做招生宣传，等待穿越语言文字，与学弟学妹的相逢；每一年新生见面会，你们事无巨细地指导新到来的同学，帮助他们尽快适应大学生活；每一年毕业时，你们会留下办学建议，希望在校的学生少走弯路，期盼学科不断发展……而这一切，都是你们的自觉，并非老师的要求。你们早已克服了"小我"的沟壑，奔向了大江大河。你们就这样年复一年地成就了热爱学系，彼此热爱，风雨同舟，荣辱与共的新闻系传统。

你们从创立读书会开始，从未间断地每周读一本书，寻求学习近道的机会。与你们一起一寸寸地跋涉在书本中，一路拨开迷雾，领略流贯和激荡在书中的气运，点燃智慧和信念的明灯。你们即将毕业离开读书会，但希望你们坚持读书,直到永远。要相信读书是对内心羁绊和困苦最好的解脱方式;要相信读书是通向心灵自由和精神解放的途径;要相信沿着这条道路走得越远,你们就越开阔越清明越谦卑,越不惊不惧不困惑。

新闻与传播学系 2021 届本科毕业生合影

海龙果读书会海大分会周年庆纪念

你们即将走向更加辽阔的世界,你们能将自己立于天地间,接受自然的启示,心里的天地就会越来越大,眼里的世界就会越来越远。人终其一生都要修炼敬畏和谦卑之心。对人生的领悟,不在于有能力知道自己的高明,而在于有能力知道自己的局限,建立另外一种开阔,另外一种豁达。

走出学校,你们将与更多的人和事相遇,越来越多元是这个世界的常态,你们要学会包容,学会同情,学会相助。你们会遇到更温暖的善意,也会遇到更尖刻的敌意。任何生命的成长都会疼痛,哪怕是一花一草最简单的生物亦如此。那么,就去勇敢地面对,让自己强大,将自己化为光明,生生不息,去照亮他人和世界。但这并不意味着无谓的牺牲,"行于所当行,止于所不可不止",当前路不明,你还没有能力看清楚想明白的时候,可以放慢脚步,甚至停下脚步。在生活中做参与者固然重要,但有时候拉开与生活的距离,做旁观者也同样重要。

新闻与传播学系 2021 届硕士毕业生与老师(右一)合影

你们生于互联网时代,新媒介是你们的启蒙者、伴随者,你们热切地拥抱,亲密地追随,没有需要飞跃的险阻,没有需要克服的障碍。"因为这不是非凡的事情,本就属于生活。"但新技术可能会稀释和瓦解人与人交往中的内涵和美感,使人们之间的交流更加难以实现。所以,对于互联网可能导致的社交孤立空间和与社会脱节的个体现象,身在其中的你们需要警觉。你们特别需要与真实的世界建立确切的联系,保持与自然、与人类、与社会、与他人息息相通,休戚与共,保有对人的眷恋和对世事的牵挂。

无论你们将来走向哪里,都希望你们走在真切里,走在光明里,走在你们想要的日子里。

"不知江月待何人,但见长江送流水。"

2021 年 6 月 16 日

愿未来如你所愿

——寄语新闻与传播学系 2020 届毕业生

迎春花、玉兰花、樱花接连凋谢了,草长莺飞,日子从严冬到了盛夏。毕业的季节里,没有学生往来的校园空荡荡的,在芳草萋萋中荒凉着。当寒假你们离开学校时,怎能知道突如其来的一场疫情会阻止了返校的路途,将你们隔在了天南地北。毕业的离愁别绪尚未涌上心头,却被更加宏大的困惑和惊慌所淹没所取代。

疫情打乱了你们毕业设计的选题,不知道封闭在家的脚步如何才能走在采访调查的路上;疫情困扰了你们手中的录取书,不知道哪个航班才能载你们去往求学的远方;疫情破坏了你们对工作的期盼,不知道怎样才能迈出走向社会的第一步……

从此,没有哪一届大学生如你们一般迷茫,像你们一样忧伤。

新闻与传播学系 2020 届本科毕业生线上毕业照

然而遭遇意外,面对未知,考验生死安危的境遇,终究没有扑灭你们内心的光明,新闻传播的底色让你们不会对苦难视而不见,你们在这场灾难中成为真正的记录者。你们调整毕业设计选题,关注疫情下的弱势群体,感悟生命的卑微和珍贵;关注疫情中的责任与信仰,体会人类在战胜灾难中超越国家、种族的合作共识和情感依赖;关注疫情对国家、社会、制度的检验,认识人类社会相互联动和彼此隔膜……一场灾难更加深刻地触动了你们对生命的热爱,对人生的感悟,对光明的执着,对弱小的同情。

新闻与传播学系 2020 届研究生线上毕业答辩合影

你们用毕业作品真诚地向疫情中坚强而平凡的人们致敬,与他们惺惺相惜,依靠爱在心理上摆脱孤独和恐惧。你们用毕业作品向新闻理想致敬,在现实的纷乱面前保持了足够的辨识力,面对社会发出自己的声音,完成了自由思想的表达;你们用订阔的关注视野和抵达事实本质的能力,实现了与新闻传播最为神秘而顽强的联系。

相信经历了这场灾难,你们将更加确认人与自然休戚与共的依存关系,更加确信人类的局限性和面对自然应有的谦卑,也更加明确自己的珍惜和爱恋。

你们用自己的经历见证了一段特殊的历史,用网课、线上答辩的方式走完了大学的最后时光,与老师、同学和学校遥遥相望,依依惜别。

疫情终将过去,你们即将踏上人生新的路途,这次行程必定从迷茫惊慌、直面现实开始,也许正因此,你们将有足够的能量抵达任何一个光明的高度。

愿未来如你所愿,愿世道为你宽阔。

2020 年 6 月 21 日

心有浩瀚，也有锋芒

——寄语新闻与传播学系 2019 届毕业生

夏花辞了树，是为了召唤秋天的果实。在这个盛夏的季节，你们即将完成生命中最重要的结束和开始，聚散皆匆匆。

你们与中国海洋大学新闻系一起走过了四年、三年、七年，风雨同舟，荣辱与共。新闻也许不是你们同一的归宿，却是你们共同的来路，你们在青春最盛的年华里与她相遇，与她深情对视，眼眸清澈。从此，无论你们将来走上怎样的路途，新闻都已潜伏在了你们的内心深处，成为你们共同的生命密码，无法更改。探寻真相，坚守理想，对于新闻专业的学生而言不是至高的追求，而是底线要求。要相信，对真理的追寻，会让你们清醒地选择人生的走向；要相信对理想的坚守，会让你们的心灵更加自由和欢畅。去追求真理吧，无论真理将你们带到哪里。

愿你们心有浩瀚，也有锋芒，有天上的日月，有地上的生灵。

无论将来你们作了记者还是从事别的职业，都希望你们眼光高远，胸怀辽阔，不惊不惧。希望你们永远不要停止读书、行走、与杰出的人相遇，因为这都是借以通往浩瀚的努力。学会给自己足够的精神空间，克服人性中对于某些炽烈气息的迷恋，以此获得独立思考的能力。在这个纷繁的时代，有时候需要残烛冷灯的孤独，需要精神上的孤立状态，才能保持问天地问良心的自觉，才能保持刚而不折的高贵气息，才能不被某些力量轻易裹挟。

新闻与传播学系 2019 届本科毕业生合影

要仰望天空的高远浩瀚,也要看见民间生活的深广天地。关怀公众利益,为坚守公共良知、社会正义而作为。在公共领域发表观点、引导舆论、推动社会进步是记者职业赋予所有新闻人的使命乃至宿命,也是新闻专业给你们打下的人生底色。

新闻与传播学系 2019 届硕士毕业生合影

风起浪作，苦乐兼并的人世间，是修行的道场，也是作为的天地。

有时候你们要学会妥协，学会放弃，这是一种量力而行的智慧和远见。但你们也要学会不放弃、不妥协、不失锋芒，这是更为重要的果敢和胆识。

希望你们眼中有光，心中有爱。要相信，光明终究会穿透黑暗；只有爱本身才是获得爱的唯一方法。

这就目送你们行舟远去，像星光一样抵达璀璨的未来。愿你们与自由相逢，与美好相逢，与你们想要的日子相逢。

日暮酒醒人已远……

2019 年 6 月 26 日

我听到了，我懂得

——寄语新闻与传播学系 2017 届毕业生

这个季节，花儿开得正酣，麦子收割在即，离愁别绪渐渐弥散在校园的每一个角落，告别的时候就要到了。

在刚刚完成的毕业答辩中，你们将世间的故事和道理用文字、影像、照片……娓娓道来，你们的出众才华和创造力在毕业作品和论文中尽情释放，你们思辨的机智和锐利在答辩中清晰呈现。你们以真诚和才能，寻找个人视野里的新闻真相，所有探求真相的执着和书写真相的勇气，构成了毕业作品的丰富和深刻，也同时确立了它的独特价值。这些更接近新闻本质和事实真相的呈现，是同学们对新闻理想和新闻职业的敬意；是同学们对将要承担的社会角色及履行的历史使命的自觉；是同学们对新闻的基本价值观、伦理道德观、公正原则的生动领悟；也是新闻教育和新闻学习的一次清晰的呼应。

你们用脚步走过新闻现场，用眼睛寻找真相，用心灵记录事实。你们"用事实说话"，哪怕是批判，也只用事实而非观点，这便是一个新闻工作者的基本立场。也许你们当中很多人将来并不会走上新闻的路途，然而你们还是用生命中最美好的年华与新闻传播专业相遇，新闻注定是你们无法抹去的生命底色。

无论你们将要从业还是继续求学，我都希望阅读能与你们终生相伴。只有阅读，才能让你们在现实的混乱、诱惑和缺憾面前保持足够的辨识力；才能让你们担负起对自由思想的表达；才能让你们实现对未来世界辽阔的想象。也只有阅读,才能抵御时代的凉薄无情,粗鄙无趣。

新闻与传播学系 2017 届本科毕业生答辩海报

　希望你们坚持理想,追求真理。也许在这个年代谈理想需要勇气,成为理想主义者就更加艰难,然而我仍然希望你们内心始终有理想的热诚和信仰。一个人一生所能做得最有价值的事,就是对真理不懈地追求,对理想虔诚地坚守。相信对真理的追寻,会让你们清醒地选择生命的走向;相信实现理想的信念,会让你们的生命更加纯粹,会让你们的心灵更加自由和欢畅。

新闻与传播学系 2017 届硕士毕业生合影

希望你们懂得坚持也学会放弃。疼痛和悲伤是我们每一个人成长必须付出的代价,也是一个社会必经的历程。在黑夜里,要相信黎明终将到来,我们的信心来自人胜不过天的自然规律。在宇宙间我们只是瞬间微尘,然而无数被欲望裹挟的生命仍在滚滚红尘里奔忙,在这个时候,我们尤其需要学会及时停下脚步,学会放弃。放弃是一种量力而行的智慧和远见,也是一种了不起的胆识。只有懂得坚持也学会放弃才能彻悟人生,才会拥有更多的快乐。要学会创造生活的乐趣,并用自己的快乐去点燃他人的快乐。快乐,是对有限生命的珍惜和尊重,快乐是一种美德。

同学们,从这个时刻,你们将完成生命中重要的结束和开始。

你们说:"我不知道自己能否成为一名合格的新闻工作者,我不知道某天在新闻界能否听到我的姓名,我不知道自己是否已经有了这样的资格。俯仰天地的境界,悲天悯人的情怀,大彻大悟的智慧。我只想,把我四年的故事,讲给你听。"

我听到了,我懂得。

冬去春来,季节流转,时间诚信。

过几天,夏花就盛大绽放了……走吧。

2017 年 6 月 4 日

前行吧，不要犹豫

——写给海大新闻系 2014 级（2018 届）正在实习的同学们

新闻系 2014 级的同学们在各地媒体实习已有一周了，同学们初入媒体的欣喜、好奇、忧虑……传递不断。那个深夜将实习日记发给我的男孩，怕我读得辛苦，还专门给我连接了郑钧的《灰姑娘》，让我边听边读，不知道将来哪个女孩能逃出你的绵绵情意。那个将我的书封面当作微信头像的姑娘，说用我的书作头像，实习的时候心里踏实，我想告诉你，老师愿意一辈子为你"压惊"。

恰恰在传媒业日渐示弱的时候，你们第一次走进了媒体，相信现实与理想的距离愈加遥远，你们内心的迷茫、失落甚至痛苦愈加深重。"不要讲什么新闻理想""你们在课堂上学的都是没用的""你们怎么会选择新闻专业"。我相信，这是很多同学在媒体听到的第一声刺耳的教导，你们为这些突如其来的话语而不知所措。其实不必惶恐，这样的声音也许只是一个自我询问，一种情绪宣泄，要允许备受压抑的新闻人用情绪化的交流缓解焦虑。他们今天还坚守在新闻界，内心深处何尝没有理想和热爱，事实上这个行业生长着比其他任何行业更多的良知和勇气。

你们要学会理解和宽容他人，但更要知道内心一定有不可动摇的坚守。如果对于"新闻用事实说话""真实是新闻的生命""记者永远要将公共利益放在第一位""采访要奔赴现场"这样的常识，都要在实习中与人争论，真是不能不令我担忧和深思。你们问我"作为记者我可以在报道中发表议论吗？""我可以不采访就写稿子吗？""他们要求我只在导语中写上领导的名字就可以，我能写这种无新闻的导语吗？"我想问问你们，这些问题还需要回答吗？我在课堂上一直在传授和回答这些问题，难道面对现实的一点点挑战，就能让你们丧失了独立思考和判断的能力吗？就能让你们没有了怀疑精神和批判态度吗？没有独立思考和判断能力的人是不适合做新闻的。

所以，我也希望你们学会放弃更要学会坚持。喻国明教授说："一个新闻人对于新闻原则的执着态度就是它的公信力，也将是它在传播市场上最大的'卖点'。"相信你们明白这个道理。

你们总有一天要走向社会，从学校走向社会本就是从天空飞往大地的阵痛过程，我们每个人甚至万物的生长都会伴随着疼痛，人生中无可避免地痛，就要面对，就要接受，就要从中汲取成长的力量。你们在实习中会学到许多，能在这次实习中认识到理想和现实的距离，也是收获。但我希望这个距离不会磨灭你们的理想。

最近暴风骤雨席卷全国，你们行走在风浪中，请各自珍重。冯唐有一本书叫《在宇宙间不易被风吹散》，放眼恢宏的宇宙，内心便会有笃定，便不会轻易被风吹散。向前行吧，别犹豫。

2016 年 7 月 23 日

愿你们与想要的日子相逢

——寄语新闻与传播学系 2016 届毕业生

20 多年前的今天,我像你们一样是一个即将毕业的大学生,但那一年的大学没有毕业的离愁别绪,却被更加宏大的激情和迷茫所笼罩。我是 20 世纪 80 年代的最后一届大学毕业生,从此没有任何一届大学生如我们一般绚烂,像我们一样忧伤。从此我们与你们在精神气质上渐渐疏远,哪怕今天我作为老师紧紧牵着你们的手,却与你们失散已久。

新闻与传播学系 2016 届本科毕业生答辩海报

作为新闻专业的学生一生所能做得最有价值的事，就是对真理虔诚地追求，对理想执着地坚守。理想和真理是我们内心终极的依靠，它赋予生命最高的荣誉、尊重和温暖。然而理想的种子是何等的难以入土、生根，发芽，它需要怎样温沃的土地，怎样漫长的时间，怎样热诚的信仰。那些豪情满怀的理想宣言早已成为历史的回声，你们还能听到吗？

新闻与传播学系 2016 届本科毕业生合照

也许你们当中的大多数人不会走上新闻的道路，但你们的一生已经深深地打上了新闻的烙印，这便是我与你们最为神秘而顽强的联系。当看到你们的才华在毕业作品中盛大绽放，当倾听你们思想锐利的毕业答辩，无论老师怎样严格地评判你们，心里却满满地都是欣赏和爱，我多么想拥抱你们每一个人，告诉你们，我爱你们。

新闻与传播学系 2016 届硕士毕业生合照

你们用最为恰当的方式与新闻专业告别,你们用最为深情的方式与大学道别。从此,你们将踏上人生新的路途,希望你们在现实的诱惑和缺憾面前保持足够的辨识力;希望你们面对社会发出自己的声音;希望你们用心灵担负起对自由思想的表达;希望你们实现辽阔的关注视野和抵达事实本质的能力。

愿你们与自由相逢,与美好相逢,与你们想要的日子相逢。也盼望有一天与失散已久的我相逢。

2016 年 6 月 4 日

带着阳光的温暖粲然绽放

——寄语新闻与传播学系首届毕业生

去年的 6 月 25 日我作为教师代表送别了新闻与传播学院的第一届毕业生，恰巧又是今天，学院让我作为教师代表与合并后的文学与新闻传播学院的第一届毕业生告别，这样的离别对于老师是无休无止的。

每一年，在这个鲜花怒放的季节，因为毕业让校园里弥漫着淡淡的离愁。而当今天我看到同学们手捧大学毕业证书时，我的心里感动而踏实。我代表全院教师向文学与新闻传播学院的 2007 届全体毕业生表示祝贺。

你们以不懈的努力圆满完成了大学的学业，你们不仅在学业上成绩优秀，而且在各个方面也都有美好的表现，为学校和学院赢得了接连不断的荣誉。在毕业的日子里，你们积极地完成毕业论文的撰写，更加积极地参加学校的活动，更加积极地实践就业，表现出了高年级同学的觉悟和成熟。四年里，你们用各种形式和行为鲜明地张扬了生机勃勃、思维涌动、青春奔涌的生命。你们是学校的骄傲和自豪，也是老师的光荣与梦想。

很荣幸成为你们的老师，很荣幸凝视过你们清澈的眼睛、靠近过你们丰沛的心灵。就是在这样的靠近中，老师把全部的感悟、精神和力量郑重地递交给你们，你们也用优异的成绩和迅速的成长回应着老师。我们彼此呼应，共同建立着文化传递所必需的独立精神和超逸情怀。我们彼此成就，共同获得了更多的知识、自由和温暖。这是为师者最大的幸福和荣耀。

　　同学们,大学是你们人生路途上最重要的驿站,在这里你们经历了人生中重要的 4 年时光,今天你们就要离开母校远行了,相信从此你们每个人都会化作美好的能量,将海大的精神传递到更为辽远的世界。

　　面对即将离校的你们,除了留恋和感慨外,老师们心中充满的便是对同学们的祝福和希望。

2007 届毕业生合影

　　希望你们拥有终身学习的精神境界。无论将来继续求学还是就业,在人生的行走中,你们要终身向社会学习、向生活学习、向书本学习、向他人学习,向一切有价值的事物学习。只有不断接受新思想和新事物,你们才能在现实的诱惑和缺憾面前保持足够的辨识力,保持自我的完善与提升;才能面对社会发出自己的声音,贡献自己的力量;才能用你们的心灵担负起对自由思想的表达;才能实现辽阔的关注视野和抵达事实本质的能力。

希望你们坚持理想,追求真理。一个人一生所能做得最有价值的事,就是对真理虔诚地追求,对理想执着地坚守。理想和真理是我们内心终极的依靠,是至高无上的信仰,它赋予生命最高的荣誉、尊重和温暖。追随这样的境界,需要时间和智慧的禀赋,需要发自内心的信仰和热诚,同时还需要有超然博大的心灵,需要有悲天悯人的情怀。相信对真理的追寻,会让你们清醒地选择生命的走向;相信对理想的坚守,会让你们的心灵更加自由和欢畅。

希望你们懂得感恩,学会快乐。生活的本质除了幸福和快乐,还有悲伤和痛苦。生活的困苦是我们每一个人必然面临的。那么,就不要逃避,不要害怕,不要抱怨。对待困难要学会坦然面对,对待生活要心存感恩。感恩是对生命恩赐的领略,是对生存状态的释然。让我们用心去体察和珍惜身边的人、事、物。一个人只有懂得感恩,才能真正快乐。

同学们,从这个时刻,你们就将踏上人生新的路途。无论将来你们身在何处,你们都是学校、学院和老师们最长久的记忆、最深切的牵挂、最丰沛的期待。

愿你们的人生如花朵般带着阳光的温暖粲然绽放,愿你们的理想带着对未知世界的瞭望自由飞翔。谢谢你们!

2007 年 6 月 25 日

第四部分

醉里挑灯

你从远处听见我

如隔山的呼吸

梦似的挂起

文字在时空中攀爬

任由语词像道路一样延伸

万重山水已走过

在读《蓝色天堂》的时候,它深刻地触动了潜伏在我心底的行走渴望,但我并不知道此时我已经与它发生了某种神秘的联系。2011 年 7 月,在毕淑敏女士的倡导和大连獐子岛渔业集团资助下,中国海洋大学开启了全球大学(Global University)专项学习计划。当学校决定让我作为带队老师完成环球旅行时,我因突然而至的幸运而欣喜万分。终于踏上路途了,我将和 6 名学生一起乘"和平"号邮轮环绕地球一圈,穿越一个个国度,用一种和大自然亲近的方式,在精神价值上实现与世界的对话。

我们在"和平"号邮轮(王玉梅 摄)

读书与行走

行走是生命常态也是生命哲学,如果求学者只是埋首书斋,可能就会少了些对文化的敏感,少了些对自然、人文、科学、信仰的生动领悟。中国海洋大学以如此宏阔的作为,让她的师生用真实的步履走过万重山水,践行"读万卷书,行万里路"的教育理念,这样的气魄如海洋般强悍,也如海洋般浪漫。

"读万卷书,行万里路"是我们的前人用脚走出来的真理,早在2500年前,老子、孔子、墨子、庄子诸子百家,他们一生都在行走。老子,一路西行,在函谷关关口留下《道德经》后就消失在了大漠荒烟中,今天我们还在牵挂,他去了哪里?这就是文化的魅力,也是行走的力量。孔子从55岁走到了68岁,一路向西,他带着弟子周游列国,一走就是14年。今天,恰巧我们也是一路向西,我们用脚步向为我们留下辉煌中华文化的祖先仰望、致敬。

在这次不同寻常的行走中,同学们的心智和才华一步步粲然绽放,展现在他们眼前的万千世界正在引领他们用心灵担负起对自由思想的表达,启示他们用智慧实现辽阔的关注视野和抵达事实本质的能力。

我们在埃及金字塔(王玉梅　摄)

眼界与胸怀

"和平"号第一站抵达越南岘港,当时越南因南海问题正与中国发生摩擦,有学生在游记中写道:"同是社会主义国家,你(越南)应该看到自己与中国的距离。一个国家,她的第三大城市的现代化程度还停留在我们 20 世纪的水平,混乱的街道交通,严重的货币通胀,毫不成熟的旅游行业……对于如今我们一般的城镇,你的这座城市都难以望其项背,却总是在不自量力地挑衅,你如今可以如此骄狂,真的不能说明你有多么强大!你又是何苦这么纠结于与中国的较量?疯狂地在国内去汉化,废除中国文字和语言;美越战争中受到中国的援助后又将矛头指向中国;和平年代又近乎疯狂地掠夺中国南海的油气资源……越南,你何以如此嚣张?"

读毕,我的心情开始沉重,我给这篇文章写下了一段评语:"无论与人还是与事'谈话',不能首先将对方置于对立面,这样的谈话必然会失去交流基础而困难重重。对于一个国家、一个民族,只有对它的历史、文化、政治、宗教有所认识,才能够理性、公正地去看待它的过去、现在和将来。19 世纪,海涅在批判德国专制政治时,区分了两种爱国主义:使人狭隘和充满仇恨的德国式爱国主义与使人心胸开阔和温暖的法国式爱国主义……希望这次环球游学能够让你在更为开阔的视域中,更加理性,更加宽容地看待和理解这个世界。正如你文中所说'我也是跟随和平之船带着世界和平的使命而来的。'老师相信,你一定会不断成长。"

海洋文化的核心是包容,我希望我们的学生能更加从容,更加自信地去面对这个世界。在这次作业的讨论课上,我对学生说:无论读书还是行走不是为了完成一个形式或仪式,是要和我们的心灵发生化学反应的,否则就没有了意义。20 岁是一个容易冲动的年龄,但毕竟是 20 岁了,同学们的思考应该更加理性与成熟。在全球化的今天,在人类追求和平的今天,我们用什么样的眼光去看世界,看他人,看自己?希望今天我们乘"和平"号远游,明天我们能够用更宽广的胸怀和眼界去看待这个世界,去思考问题,去摆脱狭隘的民族主义。

因为狭隘会让一个民族自闭、自萎。一个人能够理性、包容、善意地看待世界，这个世界才会更有意味，而这个人也才能更有生命格调。

我们在圣多明各美洲第一所大学遗址（王玉梅　摄）

战争与和平

上船后不久，同学们便迅速融入了日本乘客的群体，他们天性中的宽厚、快乐、健康和真诚深深地感染了船上的日本人；日本人无功利的学习态度、团队精神和坚忍的性格也感染着同学们。在船上的活动中，我们无可避免地会触及中日之间的复杂历史。为此，我和同学们以"战争与和平"为主题，对近代以来中日之间的战争进行了回顾。

也恰在此时，船上要举办一个时装会，有同学想穿日本和服参加时装表演，我没有同意。学生问：是和服有问题吗？我说："和服没有问题，它很美，将日本女人包裹得优雅而高贵。那么，我为什么不建议你们穿呢？因为我们总是需要用一种方式表达我们对历史的记忆。"

翻开近代中国历史,会发现中国逃不开日本的梦魇。事实上,在历史上所有侵略中国的力量中,日本最为凶残。日本人曾经的暴行以深刻的疼痛刻在了中国人的心头,无法抹去。

有同学说,看船上的日本人都那样温文尔雅,彬彬有礼,怎么也无法想象他们过去的凶狠残暴。

菊花与刀,最能表达日本人的双重性格,菊花是多么妩媚,刀是多么锋力。日本女人像花一样美丽。可是在船上,我们看到日本女人跳肚皮舞的时候,娇媚的肚皮上要放上一把刀;小姑娘跳着可爱的舞蹈也会突如其来握一把刀,这种不协调,这种怪异,我们很难理解。

我们在阿姆斯特丹(王玉梅　摄)

日本人热爱樱花,因为樱花表达着日本民族的精神,单个的樱花不出众不美艳,它的美在于集体怒放,它的美在于随风飘零。

就是这样一个有着美丽樱花和美丽女人的国家,却成为中国近代史的一个噩梦,如果没有日本对中国的觊觎,中国的历史,中国的今天是值得遐想的。今天当我们在船上用汉字和日本人交流的时候,心头也难免掠过一丝伤感。

在第二次世界大战纪念日回顾中日战争历史,是为了记住历史,呼唤和平,希望世界和平,人类不再面临战争苦痛。和平是人类最持久最朴实的追求,和平意味着生存的机会,生命的尊严也只有在和平状态下才有条件得以普遍展现。

自由与限制

在到达土耳其的前一天,女同学们受到了船上一个美国男孩的邀请,女孩子们便想和他一起自由行。当与我商量此事时,她们没有想到崇尚自由的我会阻止她们的"自由行动"。

是啊,自由是我们的理想,我们毕生追求学术自由、思想自由、心灵自由。但什么是自由呢? 1903年严复在翻译密尔的《论自由》时,将书名译为《群己权界论》,他是有感于国人将自由理解为按照自己的意志去做,且怎么做都可以,所以做了这样的创造性的书名译介,以告诉人们自由是有限制的,并仅存在于作为限制的权界之内。

20世纪自由主义代表人物哈耶克说:自由是人和他人的一种关系。如果不考虑到别人,不考虑到界限,按照自己的意志去行为,那么就是对自由的误解和取消,最终会走向自由的反面。毕竟人具有社会属性,只有考虑到他人的存在,自由才能真正实现,自由实际上是一种伦理学。

我对学生说:"你们的自由行会给船方、旅行社和老师带来诸多不便和担忧,一个人在和他人交往的过程中,在行为做事的时候,要学会为别人着想,没有'他人'这个观念,你们生存的空间必定会越来越小,你们的'自由'也会不断流失。"

模仿与白描

我们一路走一路触摸,触摸历史深处的厚重文明,路途的景象与内心的感悟相互交错,彼此呼应。同学们感受着、思考着、表述着。在同学们一路上写作的文章中,我看到了他们出众的才华、美丽的情致和迅速的成长。同时也看到了他们在文字表达上的刻意模仿和过于雕琢对文章本身的伤害。

我想让同学们明白做文和做人一样,真诚永远高于技巧。模仿是一种学习方法,但是不要因为模仿他人而迷失了自己。因为和被模仿者的心情、底蕴、积累有别,模仿往往只能停留在浅表,尤其是融入事物当中的性情是无法模仿的,比如元青花很值钱,就出现了很多仿制品,从外观上看与真品一模一样,但专家一眼就能看出破绽,因为古人融入瓷器中的想象力是无法完全模仿和复制的。

我们在哥伦比亚(王玉梅　摄)

中华文字的美感在于它的节奏和韵律,文字的最高境界就是白描。我以欧洲建筑的单纯色彩向同学们讲述了白描的境界。一路上欧洲的美让我们惊艳,但它到底美在哪里?如果仅仅是景色,中国广袤的土地上难道找不到类似的美景吗?事实上我们的震撼常常来自欧洲的建筑。欧洲建筑的特点是色彩大多是材料的原色,自然、和谐、收敛。在瑞典的诺贝尔颁奖晚宴大厅,我们看到整个大厅不事雕琢,完全保留了砖头的原色,气派又单纯。从美学的角度看,大凡自然、和谐、收敛为高雅,相反,人工、极端、艳丽为低俗。美的生命力在于简约清淡,这跟写作一样,白描是至高的写作境界,它要求文笔洗尽铅华,光而不耀,它要求作者具有更高的写作智慧、语言驾驭能力和表达能力。

我们跟随着"和平"号邮轮,就这样一路行走,一路学习,洞悉自然的瑰丽和神秘,感悟世间探索不尽的真理。

我们领略了世界上大部分人一生都无法目睹的万般生态和心灵,那些生命蓬勃成长的美好景致,那些人类原始状态的纯真模样,那些来自遥远文明的美丽思想,那些历史远处令人陶醉的无限智慧……还有那些自然被人类伤害的悲凉面容,那些带着悲怆记忆的飘零文明……我想,学生和我将会用一生的时间告诉人们来自这次经历的体验:什么是壮美,什么是辽阔,什么是苍凉,什么是孤独,什么是人和自然的断裂与亲和,什么是文化的冲突与融合,什么是人类永久的和平……

这次环球航行如一粒充满生命力的种子,它承载着中国海洋大学的教育理念和理想,在我们行走的路途上一路远播。

一路失散，一路遇见

三十年前，我是青海师范大学附属中学的一个普通平凡的女学生。漫长的时光远离了，纷繁的往事有些已经消逝了，有些却隐伏在我的记忆深处，挥之不去。

曾经，我像花草一样自由生长在母校如世外桃源般与大自然没有界限的校园里。那些参天的白杨和垂地的杨柳，让我深信自然界的性别意识无处不在，白杨的伟岸和垂柳的婀娜，让整个校园呈现出和谐美好的景象。在我上学的时候，少男少女们性别鲜明，一派天然，很少见到女性化的男孩和男性化的女孩，也许这便是大自然给予人们的天然启示和引导。

青海师大附中校门

那时候，附中的校园里最多的是各种果树，还有大片的果园。到了丰收的季节,学校会用小水桶装满果子,分发给每一个班级。几十年过去了,我走遍了世界,尝试了各色水果,也没有再遇到如附中小水桶里香甜的果子了。

让我最为难忘的是学校礼堂旁的两排杏树,粗大的树干,茂密的枝叶自然形成了一条林荫小道。春夏秋冬流转,"花褪残红青杏小",一天天看着青杏儿长大,一直到黄灿灿地缀满枝头。男生们在杏子成熟的时候,看看四下无人,便捡块石头抛向树枝,枝头的杏子掉落一地,他们也不去捡拾,嬉笑着跑开了。那时候,我常常站在树下,看着熟透了的杏子突然带着一缕光亮,"啪"的一声坠落在地上。原来瓜熟蒂落是有姿态,有声响的。走出校园多年,我再也没有看到这样的景象了。直到前几年,当我在希腊的一个小镇看到道旁苹果树上熟透的果子"啪""啪"地坠落时,让我想起了年少时校园里的杏树林,已是恍如隔世。

20世纪80年代的青海师大附中礼堂

那时候,校园里大大小小的花园是我们每个班的卫生区,我们常常在黄昏,跨越高高低低的灌木丛进入花园,将花园打扫得干干净净。然后,女生们就会长久地流连其中,看蝴蝶飘落在每一朵花上的优美,看青草在每一个春日生长的绿意。想来,那时候附中的花园一定给予了许多女生最初的美学教育,让她们内心拥有了优美和安宁的底色吧。

附中曾经美丽的校园给予我高于书本的启示和灵感,让我完成了自然的洗礼,我虽然没有具体的宗教信仰,但我信仰天地,敬畏自然。大自然的神秘和力量,让我的生命在穿越历史的路途中向神性高地攀缘,让我信奉自我克制、自我超越的生活方式,也让我对自由和真理充满了热爱与追求。

80年代青海师大附中女生在花园旁

那时候,附中还有一个没有围墙没有边界的操场,操场置身在茂密的树林中,远处有潺潺河水流过,绝美而神秘。每到放学的时候,男生们便会在生长着野草野花的球场上踢球,一直到夕阳西下,漫天的晚霞将球场上的男孩子笼罩在炫目的光环中,这时候总有一些女孩子在黄昏的微熙中静静地凝望那些跃动的身影,完成了她们对异性的最初想象和魂牵梦绕。

我们常常在操场上奔跑,毫无阻碍地穿越操场周边辽阔的树林,抵达一条宽阔的被称作"后河"的水边,我们几乎每天都要来到河边,看河水奔流不息,变化万千,我们甚至给河滩上的每一块石头都起了名字,尽情地想象它们的前生后世。

青海的冬天寒冷而漫长,在我的记忆里,那坚硬的有着神秘气息的漠风总是在窗外呼啸。到了冬季,每个班都会安置一个硕大的烧煤炉子取暖,也因此每个班教室里都有一个小煤房,那里堆积着煤砖,也堆积着躲藏在里面说悄悄话学生的小秘密。

附中有一个传统,就是会分派家住在校园里的教师子弟值日,每天早晨为自己的班级生炉子,我和我的同学利民作为教师子弟,从上小学开始就一直在为同学们生炉子。生炉子是件复杂的事情,我们首先要提前准备好柴火,好在那时操场周围的树林里,柴火俯拾即是,在每一个季节里,我们都会为冬天的炉火去树林里捡柴,顺便捡一两朵雨后的蘑菇,或者顺便摘两把附近农民种的蔬菜,然后做贼心虚地飞跑回家。

青海师大附中校园

要在同学们到学校前将炉火烧旺,我们就必须早晨六点起床去教室。青海冬季的夜太长了,六点的天空明月高照,满天的星斗低低地闪耀着钻石般的光芒,两个小姑娘手拉着手走在无边的寂静中,可以听见彼此的心跳和喘息,短短的路程一旦有风吹草动,我们就会紧紧地抱在一起彼此壮胆,彼此安慰。就这样心惊胆战地走到教室,一阵手忙脚乱,点着报纸,引着柴火,再小心将煤块放上去,看着它们慢慢燃烧……记得有一次,下了一夜的雪,第二天天未亮,满地的积雪将夜空照得如白昼一般,我们俩拎着柴火在齐膝深的雪地里艰难行走。当我们走进教室的时候,居然发现炉火已经熊熊燃烧,火炉上还烤着两个饼,我们惊得面面相觑,到底发生了什么?难道是《搜神后记》中的"田螺姑娘"?"后以鸡鸣出去,平旦潜归,于篱外窃窥其家中,见一少女,从瓮中出,至灶下燃火。"这时候一个男生笑盈盈地走到了我们面前。从此,那炉燃烧的火焰温暖了我的整个青春年华;从此,那个男生再也没有离开过我的记忆。

青海师大附中如一缕乡愁,依稀打开了我尘封的绚丽旧梦。那些曾和我们的时代呼吸与共的灿烂,在岁月的深处依然散发着不灭的芬芳。

今天我的母校已经走过了 60 年的历程,而我已是年逾不惑,远走他乡。然而过往的岁月却不肯走远,那些时时掠过心头的青涩往事,时而带着一缕芬芳的记忆,时而带着一丝隐约的疼痛从内心升起。

我的家乡,我的母校就这样经历了千回百转的如烟往事,让我一路失散,一路遇见。

只为途中与你再相见

　　隔了浩浩荡荡的如水光阴,我们重逢在高中毕业三十年同学会上。

　　青海的天空没有一丝杂质,如同三十年前一样新鲜明亮,没有变迁。我们终于聚在了一起,虽已逝韶华,难辨容颜,然而同学会上那些温暖的眼光绵绵不绝,却轻易荡漾出岁月深处的一缕相思。

　　相逢的时候,我们青春年少。青海的一山一水,附中的一草一木陪伴我们长大,成为我们共同的青梅竹马,两小无猜。我们在比人类还要古老的高原上,完成了自然的启蒙和洗礼;我们在最接近太阳的地方,接受了信仰的力量和帮助;我们在如世外桃源般的校园成就了崇尚光明的净土理想……我们用青海稀薄无污染的空气洗净自己,便走上了各自精神朝圣的路途。

三十年后重返中学教室的同学们(张建民　摄)

　　重逢的时候，我们已知天命。你们承受了怎样的风霜雨雪，经历了怎样的风华绝代，我没有问，也不想知道。我只记得同学少年，你们理想满怀，如夏花般灿烂，而那时候的我晚熟而迟钝，像一粒深埋在土壤中的种子，仰望着早已绽放成盛大花朵的你们，静静地等待着属于自己的阳光和雨露。

　　三十年，我们散落在天涯，以相同的人生底色独自上路，一路上我们与太多的事相遇，我们与太多的人相识。中学时代随着时光的流逝渐行渐远，一天比一天更加遥不可及，直到记不起那个情窦初开时爱恋过的他（她）的容颜，那一缕青春的温情远去了。然而我们幸运地赶上了互联网时代，那些情意悠长的同学寻觅我们每一个人的踪迹，捡起"随风逝去的美好从前"，"风中有如花的纯真姑娘，风中有朗朗的青春少年"。

　　我们重逢在风马飘飘，经幡猎猎的青藏高原，那就喝一杯青稞酒吧，干杯！干杯！西北人没有不喝酒的理由。酒愈是浓烈，情愈是轻柔。一杯酒饮下，我看到你泪光闪闪的青春欢颜，我看到你失散已久的柔情蜜意。我亲爱的同学，我喜欢看你一饮而尽的豪情；我喜欢看你跃动的激情和迷人的安详；我喜欢看你眼眸闪动忧伤；我喜欢看你鬓角的白发和眼角的皱纹……

　　从此生命中便有了对你亲切的牵挂，从此我不敢老去，只为途中与你再相见，你还认得我。

父亲是个谜

讲起我的小时候,沉默寡言、表情平淡的父亲会突然生动起来。他说:我女儿小时候漂亮到被人围观。生病住院时被楼上楼下跑来的病人围观,小小的我摔碟子砸碗表示愤怒。围观者点赞说:这小姑娘有脾气,也有资本……父亲得出结论:我的不合群、不善交流、脾气坏等等都是从小被人围观留下的阴影……往事历历在父亲的目前,却完全不在我的记忆里。那时我四岁,又不是一两岁,怎么就没有记忆呢?也许是另有更大的童年阴影使这段记忆被保护性抑制了。

在我勉强懂事的时候,有一天姐姐神秘地给我出了人生第一道思考题,并提供了该题的新闻背景:父母本想只要一儿一女两个孩子,生完姐姐之后就等一个弟弟,如果等来的是妹妹就扔掉,直到等到弟弟。她提问:你为什么没被扔掉?还没等我反应过来,她立刻给出了答案:因为你长得漂亮。那一刻姐姐便在我心里埋下了关于"漂亮"的恐怖种子,"我会被扔到哪里?""会不会被狼吃掉?"……寻找答案的噩梦疯长在我的童年里,直到如今父母提起我小时候的"漂亮"往事时,我下意识地会在心里接一句:"所以没被扔掉。"

姐姐和我全然没有相似之处,古灵精怪,从小用各种方式叛逆,包括用自己的奇思怪想探视人事的可能边界。我们姐弟三人,因为复姓,父亲给我们起的是四字名字,弥散着书香和灵性。姐姐上学后因为姓名的与众不同而被同学们嘲笑,深感自卑的她便给自己改名"王中华",并神奇地在学校被叫了半年,直到老师请"王中华"的家长到学校,才被父母发现姐姐改名换姓的事。估计父亲那时为自己的复姓给女儿造成的困扰而深感自责,在姓氏不能改变的前提下,他当机立断从当时人名中较常用的字中挑了"红""霞",将姐姐和我的名字一起改成了三字,以绝后患。那时候我还没有上学,如果身为教师的父母能够因材施教,也许就不会给并不从众,并不随大流的我改名字了。

我与父亲(熊明宇 摄)

父亲是个书呆子,他伏案读书的背影比他的容颜在我的记忆里更为清晰。姐姐和弟弟随了母亲,简单率真,聪慧饱满。唯有我随了父亲,性情冷僻,与世界保持距离。相同的距离感,反倒让我更加难以触及父亲的世界,总有一种"今生今世与君失之交臂"的感觉。我能回忆与父亲最亲近的情景就是在我少年时代,父亲会选择在每天的黄昏给我讲故事,雷打不动。讲一头驴,"虎见之,庞然大物也,以为神";讲一只狼,"有狼当道,人立而啼";讲一条蛇,"黑质而白章,触草木,尽死";讲一个老头,"我亦无他,惟手熟尔"……出人意料的情节,引人入胜的故事,让我深信这些都是我爸爸写的。我总是好奇地追问:爸爸你见了黔之驴吗?卖油翁去了哪里?……爸爸说:将来你都会遇见。果然,将来

"我在所学的古文里见到了这一切,从中学到大学课本里的所有古文,我爸爸都给我讲过,考试卷上老师从犄角旮旯里找来让我们翻译的所有生僻古文,他也早就给我讲过,使得上学时我除了获得过所有作文大奖之外,古文学得也是异常优秀。然而,自打见到课本上第一篇古文,发现作者并不是我爸爸时,我小小的内心升腾着一种被欺骗的巨大失落。为什么爸爸也不引经,也不据典,也不标注。而且让我早早丧失了对古文想象的空间。但不得不承认父亲讲的比原作更加智华灼灼,他恍如身在其中,随手拈来,完成了对我的启蒙。有时他也会把唐诗宋词编成故事讲给我听,幸而古今融汇的勉强,没能早早穷尽我对诗词的想象。

父亲一生清冷、沉默,不与人争不与世争,他与所有人事的疏离,如同一个局外人,身处不属于他的世界,也并不想寻找知己。即便血脉相依,我仍然认为父亲的清冷实在无趣。不能理解许多姑娘表示要找自己父亲一样的男人做男朋友当丈夫,对于我,父亲肯定是反面教材。潜意识中的抱憾,致使我在恋爱婚姻路上奔向喧嚣有趣,也致使我对学者群体莫名拒绝却又有血脉上的亲近感。

父亲在他的母校南开大学校门前留影(欧阳红　摄)

母亲常抱怨父亲甚至不知道孩子上几年级。在我的记忆里,父亲从来没有教导过我们宏大的道理,没有强迫过我们出类拔萃。记得姐姐考学离开以后,家里高低床的上层就成了我的书架,高考临近,为了不让父母发现我读闲书,就将书放在上床,床下放个凳子,每天踩着凳子心惊胆战地读几页《红楼梦》,一旦听到门外妈妈的脚步声,立刻跳下来坐在桌边复习功课。除了读《红楼梦》外,我还在书桌抽屉里放了其他书供偷看。可是,终于有一次偷看抽屉里的书入了迷,完全不知道母亲已经推门进来站在了我的身后,文雅的母亲瞬间暴怒,夺过书摔在了地上,恶狠狠地说:让你静静的顿河! 让你静静的顿河! 不高考了吗?! 我的少年时代踩着凳子偷看的只有一本书,就是《红楼梦》,而拉开抽屉偷看的书就不记得了,唯独记住了《静静的顿河》。那次父亲少有地大声责备母亲不应该扔书,孩子什么时候读书都不是错误。自母亲暴怒后,我选择了逃避高考而保送上大学,原本能考上更好大学的我,保送读了家门口的大学,并从此惧怕考试。

父亲鼓励我所有不靠谱的理想,比如想要游荡荒原,比如想当公交车售票员……他说:生命的根本动力就是热爱,爱你所爱。唯有在选择大学专业时,他不同意我学中文,一辈子研究中文的父亲说:中文应该是通识,去选一个其他专业。遗憾的是,这也使得我更加没有能力探究父亲的专业和学问,也因此丧失了一条通往认识父亲的重要途径。

父亲活在自己的世界里,却是个无比通畅之人,外界的喧嚣从未冲淡过他内心的安宁抑或是孤寂。

前几天父亲突然发烧直接进了重症监护室,我第一次感到了可能失去父亲的恐惧,提笔想为父亲写点什么的时候,深感对他的不了解。父亲之于我,仍然是一个谜。

高入云端，远在千年

书桌上的《嵇康集校注》（欧阳霞　摄）

他像点燃在夜空的烟火，只经历了一闪一灭无比短暂的光阴，却又像星辰，闪耀了无比漫长的岁月。他死后，前赴后继的热爱延续了千年。他就是嵇康。

这个生于魏晋乱世的男人学问经天纬地，更有天人之姿。嵇康到底有多帅？嵇康的儿子嵇绍从街道穿过，有人跑去对王戎说："嵇延祖卓卓如野鹤之在鸡群。"王戎答："君未见其父耳。"成语"鹤立鸡群"由此而来。《世说新语·容止》有对嵇康的描述："身长七尺八寸，风姿特秀。"见者叹曰："萧萧肃肃，爽朗清举。"或云："肃肃如松下风，高而徐引。"山公曰："嵇叔夜之为人也，岩岩若孤松之独立；其醉也，傀俄若玉山之将崩。"成语"玉山将崩"由此而来。

嵇康风姿倜傥，清洁高贵，就像缓缓从松林穿过的萧萧清风，即使喝醉了，也像即将倾倒的玉山一样伟岸俊逸。这如果是换了别人醉倒,也就是烂泥一摊而已。少有记录古人容姿的《晋书》不吝言辞赞美嵇康"美词气,有风仪,而土木形骸,不自藻饰,人以为龙章风姿,天质自然。"据说,嵇康上山采药,一樵夫遇见以为神仙下了凡。我想,现在流行的"惊为天人""男神"这些词,也许就是由嵇康而来的呢。

嵇康到底长什么样? 我能查到的流传于世的画像以及南京出土的《竹林七贤及荣启期》篆刻壁画中,嵇康都是一副中年油腻男形象,相貌苍老,身体松垮。真是令人生气,这不是严重损害了记载于文字中的嵇康形象吗? 嵇康只活了 40 岁,正值盛年,嵇康的业余爱好是打铁、游泳,比现在泡在健身房里撸铁的人还要勤于健身,应该是有八块腹肌的那种男人啊。

然而嵇康健康的身心与魏晋荒唐和病态的社会是格格不入的,那是一个"肌肤若冰雪,绰约若处子"的男人雄霸审美主流的时代。《世说新语·容止》对"玉人"卫玠之死的记载:"卫玠从豫章至下都,人久闻其名,观者如堵墙。玠先有羸疾,体不堪劳,遂成病而死。时人谓'看杀卫玠'。"魏晋彪悍的"追星族"就这样葬送了一个苍白、孱弱、摇摇欲坠的花样美男。成语"看杀卫玠"由此而来。

《世说新语·容止》对嵇康的前辈何晏有一段记录:"美姿仪,面至白。魏明帝疑其傅粉。正夏月,与热汤饼。既啖,大汗出,以朱衣自拭,色转皎然。"如果何晏活在当下,自拍根本无须开美颜即可秒杀一众网红。

也许处于黑暗的动乱年代,人们更加追逐人性中最原始的欲望并不加节制,容易养成轻佻的生活情趣,男人女性化的病态审美也就必然成风。其实到今天这样的审美情趣依然大行其道,娇媚的美男仍然备受追捧,厌恶男人胡须的女人大有人在。像嵇康一样"行走的荷尔蒙",在那个年代,在这个年代一样不合时宜,当然也一样总有人"正尔在群形之中,便自知非常之器。"

据《竹林七贤传》记载,山涛约嵇康、阮籍到家叙谈,山妻韩氏在隔壁凿穿了一个洞偷窥,目光所及立刻被嵇康的美貌和言谈迷倒。色眯眯地偷看了一夜,第二天韩氏对山涛说:夫君啊,你的才学和容貌怎能配得上与嵇康为友? 只能以气度见识与他交朋友了。山涛说:夫人所言极是。韩氏的有趣,山涛的诚恳气度成为嵇康心中最踏实的存在。嵇康临刑前托孤于已经轰轰烈烈绝交了的山涛,而不是自己的亲哥哥嵇喜。他对儿子嵇绍说:"山公尚在,汝不孤矣。"

清·沈宗骞《竹林七贤》

《太平御览》还记载了袁宏妻李氏写的《吊嵇中散文》:"宣尼有言曰:'惟仁者能好人,能恶人。'自非贤智之流,不可以褒贬明德,拟议英哲矣。故彼嵇中散之为人,可谓命世之杰矣。观其德行奇伟,风勋劭邈,有似明月之映幽夜,清风之过松林也。若夫吕安者,嵇子之良友也;钟会者,天下之恶人也。良友不可以不明,明之而理全。恶人不可以不拒,拒之而道显。夜光非与鱼目比映,三秀难与朝华争荣。故布鼓自嫌于雷门,砾石有忌于琳琅矣。嗟乎道之丧也。虽智周万物,不能违颠沛之难。故存其心者,不以一眚累怀,检乎迹者,必以纤芥为事。慨达人之获讥,悼高范之莫全,凌清风以三叹,抚兹子而怅焉。闻先觉之高唱,理极滞其必宣。候千载之大圣,期五百之明贤。聊寄愤于斯章,思慷慨而炫然。"

这是一篇令人震惊的悼文,同为魏晋名士的妻子,李氏淋漓尽致地表达着对嵇康的哀思,对邪恶的抨击。这篇文章能够流传下来,说明乱世魏晋的思想解放,更让我们见识了嵇康的"女粉丝"三观之正,才学之出众。

同为嵇康"粉丝"团成员的我,最喜欢的莫过于这两位只留下姓氏的魏晋名士之妻,她们与嵇康同在一个时代,她们与嵇康相识,她们对嵇康的评价是我了解嵇康最可靠的依据。多么想拥抱可亲可爱的她们,悄悄说一声:我是你们的千古知音,我好羡慕你们偷看过嵇康。

当然仅凭着天人之姿不足以让刘义信、陈普、刘勰、黄庭坚、李贽、苏轼、鲁迅……这些大学问家出现在嵇康的"粉丝"名单里。

嵇康是天才般的思想家、哲学家、文学家、音乐家以及顶级隐士。

绵延了约三百年的清谈是魏晋时代主要的学术活动。到魏晋,清谈逐渐失去了源于汉末清议的政治性、批判性,语言玄远,不触政治,沦为空谈。如同现在一些学者,以口中或纸上的云山雾罩为高深为得意。魏末西晋时代为清谈的前期,此时的清谈仍有汉末清议的遗风,讨论时事,表达立场,嵇康所处的时期是清谈前期。

当嵇康策马奔赴魏都洛阳加入清谈大军的时候,他的名字早已传遍了洛阳。在此之前嵇康的学术论文《养生论》的广为传播,加上天赋的俊美外貌,让他迅速成为"学术明星"。撰写《养生论》时,嵇康除了埋首书斋梳理《老子》《庄子》《神仙传》等典籍文献外,还进行了艰辛的田野调查,他常年跋涉在山中采药,配制成药丸,并服食,进行科学实验,写成《养生论》,这在当时可以算是长篇论文。《养生论》论点鲜明,议论精辟,理论更是高深坚实。后世文学大家苏东坡极为推崇《养生论》,手书数本点赞转发,传播嵇康的学术思想。

自带光环的嵇康到达洛阳后立刻成为清谈界的领军人物。嵇康头顶玄纱帻巾,一袭青衫,登坛讲学。他功力扎实的学术造诣,超尘脱俗的话语逻辑,清逸俊朗的身形容颜,立刻圈粉无数。后来嵇康将自己的见解和言论,写入一系列玄学论文。《释私论》《难自然好学论》都是其重要的学术论文。《声无哀乐论》认为音乐不是推行教化的政治工具,而是启示美感的独立的艺术形式。冯友兰认为此文开启了中国美学史的乐论,《声无哀乐论》奠定了嵇康在魏晋乐论中的重要地位。嵇康是竹林七贤的领袖,也是玄学的代表性的理论家,在他短短一生中留下了十几篇论文。如果是现在,嵇康最起码也是个知名学者。

嵇康是中国历史上为数不多的天才之一。他在散文、诗歌、音乐及书画方面的成就也是非同凡响。他的散文文辞壮丽、风格刚劲。嵇康的诗存世五十四首。木心在《文学回忆录》中认为,嵇康的诗,几乎可以说是中国唯一阳刚的诗。中国的文学是月亮的文学,李白、苏东坡、辛弃疾、陆游的所谓豪放都是做出来的,唯有嵇康的阳刚是内在的,天生的。后世对嵇康最好的评语莫过于出自《文心雕龙·体性》的"叔夜俊侠,故兴高而采烈"。成语"兴高采烈"由此而来。

"息徒兰圃,秣马华山。流磻平皋,垂纶长川。目送归鸿,手挥五弦。俯仰自得,游心太玄。嘉彼钓叟,得鱼忘筌。郢人逝矣,谁与尽言?"(嵇康《赠秀才入军·其十四》)。意境高远,情致疏淡,进入精神与自然融为一体的自由境界,"目送归鸿,手挥五弦"成为千古名句。

在整部中国诗史上,嵇康的诗也显得非常卓越。木心说:李白、杜甫总给人诗仙、诗圣之感,屈原、嵇康给人感觉是艺术家。艺术家是什么?是"仅次于上帝的人"。

嵇康智识高超,在音乐创作上造诣极高,最值得一提的是古琴曲《广陵散》。《广陵散》讲述的是战国时期聂政刺韩的故事,由于其鲜明的政治性,让乱世下的嵇康心生了些许顾忌,不得不假托神仙鬼怪之名,使《广陵散》蒙上一层千古未解的神秘色彩。

窦臮《述书赋》说:嵇康书法"金光照人,气格凌人"。嵇康也擅长绘画,所绘《巢由洗耳图》和《狮子击象图》著录于张彦远《历代名画记》。

竹林七贤推崇道家崇尚自然,纵情山水。嵇康更是与天地并生、逍遥浮世。

他在政治上以各种方式拒绝与司马氏合作,在理论上反对司马氏所提倡的虚伪名教。嵇康在《难自然好学论》中直抒己见,气势凌厉,勇猛无畏。在《与山巨源绝交书》中深刻表明自己的志趣和政治见解,公开宣告和司马氏政权决裂。"非汤武而薄周孔,越名教而任自然",他认为虚伪的名教违背人的自然本性。嵇康以惊世骇俗的思想和行为宣泄了满腹的不合时宜,也为自己埋下了灾难的种子。

嵇康到苏门山中寻访孙登大师,离别时,惜字如金的孙登对嵇康说:"君性烈而才隽,岂能免乎？"

嵇康被反目成仇的朋友吕巽陷害,被因爱生恨的粉丝钟会谗言,投入大牢,司马政权给嵇康的判词是"边鄙无诡随之民,街巷无异口之议。而康上不臣天子,下不事王侯,轻时傲物,不为物用。无益于今,有败于俗"。这岂不是更像一首对嵇康的颂歌。

嵇康临刑东市,他颜色不变,索琴弹奏《广陵散》。这个打铁的男人骨头比铁还硬,在专制暴力的现实下他决不苟且的大勇气,建立了竹林其他兄弟难以攀缘的高度。曲终音息,康长叹:"广陵散于今绝矣",慷慨赴死。那一天,天风浩荡,草树凄迷,长空当哭。

嵇康的天才大过时代,嵇康的生命长过岁月。千年后的今天,当我遥望高入云端,远在千年的他,心中便会升起一片光明。

情不知所起

电影《无问西东》里有一个简短的情节:陈鹏接受原子弹研制使命,奔赴西北。他具体去了什么地方? 我推测他去的是代号"221厂"的中国第一个核武器研制基地,位于青海省海北州金银滩草原深处。我曾经四次到过这个被称为中国的洛斯阿拉莫斯的秘密之城。

"221厂"基地纪念碑(欧阳霞　摄)

第一次去那里时，我 18 岁，读大一。在"221 厂"尚未退役时，我进入了那个核武器研制基地。

1956 年中央政府决定建设核武器研制基地"221 厂"；1957 年在全国选址；1958 年 7 月，时任中共中央总书记的邓小平批准在青海省海晏县境内建立中国第一座核武器科研基地，从此那方 1170 平方公里的草原便被蒙上了神秘的面纱。

一到"221 厂"，立刻就能感受到它的严肃气息，办公楼、科研楼、影剧院、医院、学校、第一颗原子弹零部件启运上车的小火车站、7 个作为基地掩护的分厂……楼房气派，街道寂寞。在大学里来自"221 厂"的同学大多是"学霸"，精神气质与众不同，自带光环和魅力。他们大多是核武器科研人员的孩子，他们中学就读于名为"青海省矿区二中"的学校，这个学校因为高考成绩之优秀而在青海十分著名，但大多数人并不知道这个学校的所属是核武器研制基地。

在"221 厂"，有一座黄色的楼独处一隅，基地的人都知道这是科学家们居住之所。当时的我很想了解究竟是哪些科学家曾经在"221 厂"工作过，可是得不到答案。后来，我查了揭秘资料得知，一些著名科学家到"221 厂"从事核武器研制工作的时候是隐姓埋名的，如著名的核物理学家王淦昌，在基地工作时，取名叫王金，隐姓埋名十七年，王淦昌这个名字从此消失在任何国内外学术会议和交流现场。直到"文化大革命"结束后，国务院任命他为二技部副部长的时候，人们才从报纸上看到王淦昌的名字。

在基地建设之初，被称为"两弹元勋"的邓稼先带领着孙清河、朱建士等十几名新毕业的大学生到达基地，用手摇计算机和乌拉尔电子计算机进行了原子弹的总体力学计算。其中应该就包括电影《无问西东》塑造的陈鹏那一代年轻科学家。

当年聂荣臻元帅、张爱萍将军曾在基地指挥"两弹一星"工作，钱三强、于敏、郭永伟、朱光亚都曾在"221 厂"研制原子弹和氢弹。

1964 年 10 月 16 日，中国第一颗原子弹爆炸成功。1995 年 5 月 15 日，"221

厂"退役。

我第二次到"221厂"时,这里已经更名为"西海镇",成为青海省海北州政府所在地。对于撤厂的原因,众说纷纭。但在我采访"221厂"的人时,他们说,"221厂"只是完成了它承担的历史使命而光荣"退役"了。

后来,我又陆续去过两次"西海镇",每一次看到的景象都比上一次更加车马喧嚣,到处都是为环游青海湖的骑行者开设的青年旅社,这些年轻人也许并不知道,他们脚下的每一寸土地都暗藏着秘密。"西海镇"已经不是"221厂"了,电影院前曾经的一座牦牛雕像换成了巨大的毛泽东塑像注视着主城的广场。

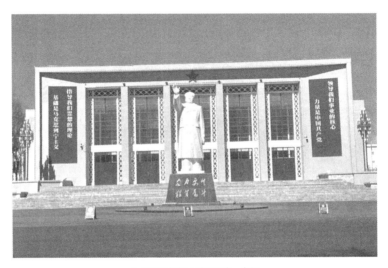

电影院广场(欧阳霞 摄)

2014年,第四次我与儿子一起去"西海镇",儿子坚持要到散落在草原上的车间看看,那些曾经进行秘密工作的车间大多已成为废墟,小朋友越过残垣断壁走进了遗址。后来,我问他看到了什么?他说:没有看到任何机器和科研的蛛丝马迹,只看到了墙壁上的"毛主席语录"。

2001年6月25日,"221厂"旧址被国务院公布为第五批全国重点文物保护单位,2005建立了中国原子城纪念馆。

《无问西东》中韶华已逝的陈鹏坐上了返回故乡的火车,一路上头发开始脱落,很多核工作者没有受到适当的辐射保护,病痛缠身英年早逝。在"两弹一星"的光环背后,有多少流逝的青春,有多少痛苦的牺牲。

中国原子城纪念碑(欧阳霞　摄)

在那遥远的地方有位好姑娘

人们走过了她的帐房都要回头留恋地张望

……

我愿抛弃了财产

跟她去放羊

每天看着她动人的眼睛

和那美丽金边的衣裳

我愿做一只小羊

跟她去放羊

我愿她拿着细细的皮鞭

不断轻轻打在我身上

　　王洛宾在美丽的金银滩草原遇见了他的卓玛,创作了《在那遥远的地方》。那里本该传唱情歌,生长爱情。《无问西东》里王敏佳最终走向了金银滩,去找寻她爱恋的陈鹏……

世间最美的情郎

那一年,我与董小姐相遇在新加坡,一起走在了游荡世界的路上。她是个喧嚣的姑娘,率真而自由;她总是游离于群体,从不理会他人的牵挂、不满和责怪;她是个宁静的姑娘,面朝大海将路途的风景与内心的感悟展现在她的画板上,漫不经心,从容和缓。

董小姐在作画(董小姐 提供)

有一天,夜深,邮轮无声无息地航行在海上,难以入眠的我,抱了本书去了甲板,远远看到董小姐坐在空茫茫的甲板上。走到近旁,她抬起眼,突如其来地说:"我喜欢仓央嘉措,你呢?"我心里说了声:"我也喜欢仓央嘉措。"可是,面对这个仓央嘉措的"超级迷妹",我的心里纠结了一下,望着面若桃花的她,脱口而出:"我喜欢崔护"。

她睁大了眼睛，好像受了惊吓，说："你心中有旷野山川，沧桑着呢，你不会喜欢小白脸。"我心中还有豺狼虎豹呢，我不仅不会喜欢小白脸，就连长得白都不能忍。可是何以见得崔护是小白脸呢？她说："崔护为进士及第埋首书斋，终日不见阳光，肯定小白脸呀。'去年今日此门中，人面桃花相映红。人面不知何处去，桃花依旧笑春风'，小白脸才写这样的诗。"

不是吧？这首诗充分说明人家崔诗人也是出门溜达的，但董小姐不认，说："你喜欢的是'住进布达拉宫，我是雪域最大的王，流浪在拉萨街头，我是世间最美的情郎'。"仓央嘉措拒绝讲经，拒绝受戒，自由如风。可我也真心喜欢崔诗人，希望他长得不太白。她继续说："仓央嘉措圆寂时也就24岁，我都28岁了，真要遇见……"

在这个姑娘心里，几百年的岁月和人佛的距离瞬间成空。

我只好说："仓央嘉措喜欢的是姐姐，有诗为证，'在那东山顶上 / 升起皎洁的月亮 / 玛吉阿米的面容 / 渐渐浮现心上 / 黄昏去会情人 / 黎明大雪飞扬 / 莫说瞒与不瞒 / 脚印已留在雪上'，'玛吉阿米'在汉语中没有恰当的词汇对应，指的是我的情人，没有生养过我的母亲。"仓央嘉措被选定为五世达赖的转世灵童，在布达拉宫坐床典礼成六世达赖喇嘛时14岁。早早离开母亲的孩子很容易将对母爱的期盼和对情人的期盼融为一体，令仓央嘉措放下过天下，却从未放下过的女人，一定比他年长呀，我瞎猜的。佛祖度人我度谁，万般红尘只问天。

她的眼里满是星光闪耀，犹如钻石。她起身对着深夜的大海喊："天空中洁白的仙鹤，请将你的双翅借我，我不往远处去飞，只到理塘就回。"这一路，她用仓央嘉措的诗句呼唤着、祈祷着，对着大西洋、太平洋、印度洋、红海、黑海、加勒比海、波罗的海、地中海、爱琴海……

姑娘啊，你应该对着青海湖呼唤。康熙四十四年（1705），康熙皇帝下旨："拉藏汗因奏废桑结所立六世达赖，诏送京师。"据传仓央嘉措在押解进京途中，行至青海湖时，打坐，圆寂。热爱他的藏族姑娘们在青海湖畔日夜哭泣，咸涩了浩瀚的湖水。三百多年后，我曾多次到过青海湖，"世界上最远的也远不过隔世的爱,大地山河轻得不堪承担,每一滴泪都流向大海。"青海湖水一年比一年更加咸涩了,塔尔寺的经筒转了近千年。

那年,我和董小姐千辛万苦到达危地马拉蒂卡尔玛雅遗址,一个隐藏在原始森林中的神秘之地,意为"能听到圣灵之声"的地方,六座顶上有着神庙的阶梯金字塔巍然伫立。据传,一千多年前,玛雅王一步步登上70多米高的金字塔,在顶端的神庙与众神沟通,以获得超凡的力量,观察星象,制定神秘的历法。

董小姐在金字塔前翩翩起舞,像一缕自由的风,天人合一,蹁跹成仙。我凝望她,一直到"灵魂出窍",一直到泪流满面。她在跳舞,她在诉说"我行遍世间所有的路,逆着时光行走,只为今生与你邂逅。"

从此,这个姑娘就一直在路上,她说走就走,浪迹天涯。有一天她终于走到了西藏,她说她再也离不开那片土地了,于是就留在了拉萨。那佛光闪闪的高原,三步两步就是天堂。

在拉萨的董小姐(董小姐　提供)

姑娘啊,在拉萨你要去寻找黄色的房子,涂着黄颜色的房子,就有仓央嘉措的足迹,就有仓央嘉措的爱情留在那里,"我跌入了世俗之缘／转经筒转了又转／观音菩萨依旧夜夜观心／你是谁呀／谁又是你／我只能爱你一时／却不能爱你一世／前行还是退步／我在轮回的路上胆寒",仓央嘉措驻足过的地方就尊贵就吉祥。

　　姑娘啊,你还要去拜"姑噜姑咧"智行佛母,她不仅是能让人的生命和智慧像松树一样长青的智慧女神,也是能让人产生爱情的佛母。就让智行佛母赐给你智慧和爱情吧。

　　殉葬的花朵,开合有度。菩提的果实,奏响了空山。愿董小姐在拉萨街头遇到世间最美的情郎,心与心巧合,默然相爱,寂静欢喜。

穿越历史的温暖

——读《幽暗的航行》

《幽暗的航行》（中国海洋大学出版社 2008 年版）

　　停泊在《幽暗的航行》封面上的几艘小帆船,有些悠远,有些不安。它让我联想到那艘 1620 年在大西洋的滔天巨浪中悄然离开英国港口的"五月花"号,这条 90 英尺长的木头帆船艰难地在汪洋大海中挣扎,能否抵达彼岸,令人忧虑。但此时的"五月花"号除了乘风破浪已是别无选择,因为和这艘帆船一起苦苦挣扎的除了受宗教迫害的清教徒之外,还有因各种原因在旧世界的游戏规则中无所依存，难以实现梦想的人们。他们在欧洲走投无路，到处受迫害，只好背井离乡，远渡重洋，到新大陆寻找新的生活。经过 65 天与风暴、饥饿、疾病、绝望的搏斗之后，他们终于看到了新大陆的海岸线，到达了科德角，这是他们踏上北美洲的第一块土地，和他们一起踏上新大陆的还有在船上签署的《五月花号公约》。"五月花"号上所承载的不仅仅是一群逃难的人，也不仅仅是一群寻找新世界的人，还承载着追求自由与平等的勇气和精神。翻开《幽暗的航行》，看到了雷蒙·阿隆、哈耶克、以赛亚·伯林、汉娜·阿伦特、托克维尔、萨特、萨义德、殷海光、傅斯年……这些遥远的熟悉的自由主义思想家和实践者，让我确信封面上的小帆船就是"五月花"号。

作者蔡晓滨先生在题记中说："这是一本以自由主义思想家和实践者为主体写作的随笔集，可以说是一本自由主义者的众生相。无意中的这种选择，没有其他的特别意义，只是与读书的偏好有关……"这样的"无意中的选择""读书的偏好"，分明是一种对"自由"的向往、一种对"民主"的敬意、一种对"知识分子"的印证。在蔡晓滨笔下这些自由主义的大师级人物对民主、宪政、自由进行着复杂而微妙的探询、唤起、诠释……哈耶克和伯林对自由的论述殊途同归，一个认为自由是"强制状态的不存在"，一个认为自由是"免于……"如果将哈耶克的自由称为"否定的自由"，那么，伯林的自由便可称为"消极自由"，而它们在英语中是同一个词（negative liberty）。他们用最智慧的言说和最有力的行动告诉人们，作为学术的民主和自由，是一门学问，而作为常识的民主和自由，却是一种素养。民主其实是一种信念，这种信念不是靠认识达到而是靠诚意达到。

在蔡晓滨笔下，萨义德、殷海光、傅斯年、罗家伦、王芸生、陈铭德、邓季惺为我们提供了关于知识分子的丰富阐释空间，亦使知识分子这一术语，在社会关怀意义上具有了"一种广泛开放式的邀请"（格蒙·鲍曼语）的意味。针对 20 世纪末世界性的知识分子"学院化"和"专业化"倾向，萨义德坚持主张知识分子是社会中具有特定公共角色的个人，不能只化约为面孔模糊的专业人士，只从事他那一行的能干成员。显然,知识分子要在社会中出任"公共角色",在萨义德看来,除了专业或职业外,"知识分子是具有能力向(to)'公众以及'为(for)公众来代表、具现、表明信息、观点、态度、哲学或意见的个人"。知识分子从"德雷福斯事件"中诞生的那一刻起,就注定了自己的批判宿命。

殷海光、王芸生、陈铭德、邓季惺从信念出发投身公共领域,利用自己掌握的传媒伸张正义,他们有明确的价值指向,热心关怀公共事务,关注中国社会发展道路,并不断以批判姿态介入实际的社会政治活动。他们以在社会公共领域中的价值传播、观念启蒙、文化追求和问题批判不断表征着知识分子的社会担当。

雷蒙·阿隆、哈耶克、以赛亚·伯林、托克维尔、萨特、萨义德……这些名字在我的阅读视野中曾经作为符号始终冻结在历史著作之中、凝固在学术研究之中,他们面容肃穆、举止庄严。而在蔡晓滨笔下,这些人物在历史的宏大背景下依然活跃着个人气息,他们是思想者、追寻者、践行者;他们是父亲、是儿子、是情人。他们执着、坚毅、脆弱、缠绵,他们的故事又亲切又温暖。《幽暗的航行》宛若一段深情的回忆,让这些非凡的人物在历史的风尘中,依然存留着温暖的体温、清晰的喘息、未干的眼泪。蔡晓滨以这样的方式在历史的缝隙中发出自己的声音,这个声音的出现,让历史变得生动。

蔡晓滨先生的叙述明净、安详,但偶尔也会毫无设防地泄露出个人的心事和情怀。他说:"我内心深处一直对萨特怀有隐隐的一丝不屑。不错,我佩服他天才般的思考和吊诡变异的语言。他的才能和天赋极少人能够企及。但萨特的左右摇摆,追逐时髦,不甘寂寞,虚荣好名,以及在情爱上的极端自私和不负责任,我深不以为然。"

蔡晓滨的文字无处不在地洋溢着一种智慧的警觉。他说:"我不知道王海龙何以将萨义德抬到这样一个无以复加的高度。我只知道,一个巴勒斯坦的贵族,喝着牛奶、吃着面包长大的巴籍美国人,他怎么能理解巴勒斯坦难民营中那非人的生活呢?"

作为新闻人的蔡晓滨，对于细节的把握明显具有职业特点，在书中有许多细节描写仿若涓涓的流水渗入心底，留下悠长的回味。在《罗家伦：遥远的玫瑰色甜梦》一文中，他写道："南京沦陷的前几天，罗家伦到郊外丁家桥的中央大学畜牧场视察。看到还有许多教学、实验用的鸡、鸭、犬、猪、牛、羊等等。那时，再也无法找到车和船，没有办法带走它们了。罗家伦不得不召集员工宣布：放弃禽畜，员工转移。畜牧场的场长王西亭，没有多少文化，但他知道学校买这些禽畜花了不少钱，也知道这些优良品种的禽畜在教学科研上的价值。他下定决心不放弃最后的努力。王西亭连夜找来木船，运过长江，由浦口、浦镇，过安徽，经河南，入湖北，走宜昌，经过一年多的艰苦长征，行程数千公里，竟然将这些禽畜一只不少地带到了沙坪坝。在校门口，看着衣衫褴褛的员工，看着一只不少的鸡鸭牛羊，罗家伦感慨万千，热泪盈眶。他竟孩子般地抱着这些禽畜们亲吻起来。

淡淡的铺陈，轻轻的渲染。蔡晓滨笔下的男性饱满、清晰、准确，而当他的笔触及那些在思想史上绕不过的杰出女性时，他的文字就会突然变得隐忍而节制、拘谨而犹豫。在《萨特：一枚硬币的两面》一文中的波伏瓦犹如一个怨妇，我难以将这个形象与那个习惯于改造、征服周围的人，在很多方面超越了萨特却甘愿生活在萨特阴影下的辉煌女人联系在一起。而在《汉娜·阿伦特：责任始于爱欲》中，这个天才女人完全被海德格尔和雅斯贝尔斯的光芒遮蔽。

《幽暗的航行》就是这样接近了读者的心灵，真诚、坦率、娓娓道来。正如蔡晓滨的文字，既有思想者的锋芒，又有叙述者的自得，这使得他的书写，在历史与现实、理性与感性之间游走自如，表现出一种难得的优雅和诚实。

行走中，生命成为信仰

—— 读《蓝色天堂》

只有真正与自然气息相通的生命才会在"血液里有浪迹天涯的渴望"，才能灵魂跟随着远行的足迹走遍世界。毕淑敏用"40万元一张的船票，52248公里的行程"带给我们一个《蓝色天堂》。

《蓝色天堂》（湖南文艺出版社 2010 年版）

她是一个旅行者，和众多的游客乘着"和平"号环游地球，她也是一个孤旅者，在记忆的腹地和思想的深处，独自行走并且倾听来自心灵的呼吸与声响。路途的风景与内心的感悟相互交错，彼此呼应。

毕淑敏将她的"天堂"以最本真的形态展现在读者面前，没有修饰，没有技巧,如同和他人聊天般的漫不经心。她的灵魂向着"素颜的地球"敞开,于是,我们看到了一个属于毕淑敏的独一无二的"天堂"。

这个"天堂"真实地存在于世,金字塔、冰岛、恒河、阳光、冰山、浪花、食谱……还有记忆里的冈仁波齐峰、阿里的老同志。毕淑敏借助景色感知了自然的安宁和动荡、温情与暴戾,也触摸到了潜伏在人们心底的秘密。

这个"天堂"虚幻地存在于梦,"天堂一定是绿草茵茵,有不老的翠树和长香的花,有鲜活的动物和莺歌燕舞的禽鸟,有丰腴的面点和流淌的蜂蜜。空气毫无疑问是新鲜的,疾病毫无疑问是没有的。华美的建筑反射温润的微芒……"这是一幅通往远古和未来的景象,它以唯美的理想照亮了人类的追求。

毕淑敏将一个立体的自然景象呈现给读者,让我们迷醉于自然最优美的本真,也让我们惊怵于人与自然关系的断裂。人类与自然的恩怨纠缠隐藏在文字的背后,给我们急迫而厚重的思考。她说:"平等不是一个谁赐予谁的施舍和空话,而是一种生物进化的必然。你祸害了中南美的森林,你就是糟蹋了自家的后院。你掠夺了亚洲的财富,就是亲手把船凿下一块版。你喷出越来越多的二氧化碳,是在自家放火,屋顶已经烧出了一个洞……"生命对自然绝对的依赖启示人类,人只有热爱和尊重其他生命共同体成员,形成和谐、稳定、美丽的世界,人类绵延不绝的繁衍生息才有了可能。

在毕淑敏关于自然的书写中,我们可以看到多层面、多视角的孤独表达。这种孤独不是绝望和哀叹,而是超拔世外的自觉和清醒。"海洋带着一种永恒的苍凉,把你关于这个世界的所有表浅认识,都颠簸着飞扬起来,发生碰撞和杂糅。举目四望,你是如此的孤独,天空和水永远在目光的尽头缝缀在一起,包围着你,呈现出博大的哀伤。你知道自己是一定要灭亡的,而大海则永远存在。"

毕淑敏将全部的青春留在了西藏,高原成就了她的人生底色,成为她关于人、关于自然、关于生命思考的基石,也成为她一生精神漫游的最高依据。在她的众多作品中我们都能感受到她对西藏的无限眷恋,在环游世界的路途中,她依然会随时温柔地触摸记忆中的那方土地,粗粝、坚硬、苍茫、雄阔、纯净、清冷、寂寥。西藏植根在她的心田，成为最为纯粹清澈的神圣高地。

她以虔诚的述说让高原上"外圆内方的图案层层套迭"的曼陀罗，成为"佛教对世界的解释"。她让冈仁波齐峰拔地而起，也让自己的佛性攀缘有了依归。她祈祷的声音和膜拜的礼仪比静默的雪山更加安静，这样的安详和纯粹是对荒原至高的敬畏。

青春的岁月从莽莽荒原走过，毕淑敏从此参透了生和死的大命题。

那个"常常从很小的事情，就说到宇宙"的阿里的老同志"死得很漂亮"，死去的他"一如既往地严峻和平静着"，"脸色比平日还要神采奕奕"，老同志让生命在死亡面前保持了最后的尊严，死亡便在瞬间迸发出美丽的光芒。

"我们不断在思索和感悟，而所有的参透中，参透死亡最为重要。人生有很多机会遭遇死亡，但不必害怕，属于我自己的只有一次，肯定不会重复。无论你怎样辗转腾挪，死神总会收网，在我们的末路投下一束浑厚的光，代表你这一轮的谢幕。你就悄然驶过尘世，灵魂离开肉体，赶赴一个早已达成的约定。那里有我的父母我的祖先，所以，我不害怕。一点也不。"毕淑敏拒绝着死亡带给人的恐惧，她说："生命是一个向着死亡的存在"，"当把这件事情想清楚以后，人生变得如此的轻松，而且带有一种令人神往的安宁。"死亡仿佛就是去追求彼岸的幸福，是一件优美的事情，甚至带着些许柔情蜜意。

在完成了自然洗礼之后，毕淑敏再次获得了最可宝贵的生命启示，她给予生命以温情，让生命在穿越历史穿越自然，向神性高地攀缘的路途中成为至高无上的信仰。毕淑敏认为，要向一切生命意识表达同等敬畏，如同尊敬自身一样。一个人去帮助所有他能够帮助的生命，并且畏惧伤害任何活着的生灵，这个人才是符合伦理的。生命意识是毕淑敏行走的巨大收获，也是她作品的核心内容与价值指向。她不断拓展自我认识的精神空间，呼唤人与自身、与他人、与万物的融通，启迪人类的悲悯情怀，使人类博大仁慈。

毕淑敏穿越了一个个国度，完成这次环游，她一路走一路抵达理想的栖息地。"好在最壮观的景色我已饱览，最险恶的风暴我已穿越，最艰苦的航程我已一寸寸挪过,最苍凉的海天一色我一分分领略……生命中有了这样一次荡涤身心的旅行,当我垂垂老矣行将离开这个世界的时候,据说人的一生会电光石火地闪现,浓缩成一部微电影,我势必回忆它,然后浮出若隐若现的欢颜。"

　　毕淑敏的书写是她内心全部诗性的安然抒发,也是她对于诗意生存的最高信仰。

参考文献

[1] 梁实秋.忆青岛 [M].北京:新华出版社,2000.

[2] 梁实秋.梁实秋怀人丛录 [M].北京:当代世界出版社,2007.

[3] 沈从文.沈从文全集 [M].太原:北岳文艺出版社,2009.

[4] 王亚蓉.沈从文晚年口述 [M].西安:陕西师范大学出版社,2003.

[5] 老舍.老舍青岛文集 [M].北京:文物出版社,2014.

[6] 闻一多.闻一多全集 [M].武汉:湖北人民出版社,1993.

[7] 王统照.王统照全集 [M].北京:中国工人出版社,2009.

[8] 刘增人.王统照传 [M].北京:东方出版社,2010.

[9] 臧克家.臧克家全集 [M].长春:时代文艺出版社,2002.

[10] 洪深.洪深文集 [M].北京:中国戏剧出版社,1957.

[11] 季培刚.杨振声编年事辑初稿 [M].济南:黄河出版社,2007.

[12] 杨振声.杨振声选集 [M].北京:人民文学出版社,1987.

[13] 杨振声.杨振声文集 [M].北京:线装书局,2009.

[14] 杨洪勋.文学家与海大园 [M].北京:中国国际广播出版社,2010.

[15] 山大青岛校友会.山东大学(青岛)人物志 [M].北京:海洋出版社,1991.

[16] 任银睦.青岛早期城市现代化研究 [M].北京:生活·读书·新知三联书店,
2007.

[17] 姚丹.西南联大历史情境中的文学活动 [M].桂林:广西师范大学出版社,
2000.

[18] 陈平原.大学有精神(修订版) [M].北京:北京大学出版社,2015.

[19] (美)爱德华·萨义德.知识分子论 [M].单德兴,译.北京:生活·读书·新

知三联书店, 2016.

[20] 仓央嘉措.仓央嘉措诗传全集[M].北京:中国华侨出版社,2011.

[21] 毕淑敏.蓝色天堂[M].长沙:湖南文艺出版社,2010.

[22] 蔡晓滨.幽暗的航行[M].青岛:中国海洋大学出版社,2008.